Kadokawa Fantastic Novels
啊啊，沒用的女神大人
為美好的世界獻上祝福！

阿克婭
這個世界的高麗菜會飛喔。
……慢著，那塊肉是我先看上的！
惠惠
……不好意思，也請給我一點水吧。

達克妮絲
啊，今年的高麗菜
真是有活力！
……好想回日本去。
和真

抽噎……
又腥又臭……
我已經被玷汙了啦。

接招，『Steal』！
……這是什麼？
簡直就是鬼畜至極……！
請把內褲還給我……

我存在於此世的眷屬啊……
水之女神──阿克婭命令你們……
就由本大爺我來
親自對付你們吧！

好好見識一下吾的力量吧！

為美好的世界獻上祝福！

CONTENTS

為美好的世界獻上祝福！1

啊啊，沒用的女神大人

曉 なつめ
illustration 三嶋くろね

Kadokawa Fantastic Novels

Profile
和真！要做角色介紹了！
就特准你先從身為主角的本女神我開始介紹起吧。
妳哪是主角啊——話說，妳到底幾歲來著？
…………………女、女神哪有什麼年齡不年齡的!?
喂，頓了很久喔妳。別想蒙混過去。
我講什麼都要頂嘴，吵死了。不過是個繭居尼特。你把我當成什麼了？
宴會女神啊？
阿克婭
年齡 年齡不詳
職業 大祭司
指引英年早逝者的女神。與和真一起轉生到異世界，在那裡，她是阿克西斯教團的神體，「阿克婭女神」本尊…………話雖如此，卻沒有任何人相信這件事。
惠惠
哼！接下來是吾的回合！吾乃惠惠。是紅魔族首屈一指的魔法師——
那，本名是？
這是本名啊？
……
喂，你對我的名字有意見就說啊，我洗耳恭聽！
……好了，接下來還得介紹達克妮絲才行。
喂，不准不理我！
年齡 13歲
職業 大法師
紅魔族當中首屈一指的天才魔法師。深受名為「爆裂魔法」的最強魔法之魅力所吸引，所以只會用這招，也只肯用這招。喜歡的東西是爆裂魔法。專長是爆裂魔法。興趣也是爆裂魔法。

Character
達克妮絲
你怎麼了，和真，
衣服怎麼會破成這樣！
不就是某人對我用爆裂魔法
才會這樣嗎！
你、你說爆裂魔法!?好羨慕喔……
喂，妳剛才說了「好羨慕」對吧？
我沒說。
明明就說了。不然，為什麼
妳的臉會那麼紅？
我、我才沒有因為想像自己
在大眾面前遭受爆裂魔法攻擊
而興奮到發抖呢！
年齡 18歲
職業 十字騎士
專司防禦的女騎士。平常裝出一副硬派的樣子，但其實有重度的受虐傾向和妄想癖。遭受怪物攻擊對她而言是種快感，並將之當成一種性愛玩法而樂在其中。
佐藤和真
我還得自己介紹自己喔？
真拿你沒辦法。交給本女神我吧！
好了，最後要介紹的是
「我的」傭人。
誰是傭人啊！應該說，
為什麼我這個主角被放最後啊。
傭人……
不不，和真是我的僕人。
僕、僕人……
……我的小隊
哪有這麼令人「遺憾」。
16歲 年齡
冒險者 職業
喜歡電玩、動畫、漫畫的繭居族高中生。某天偶爾外出時碰上交通意外而身亡之後，帶著阿克婭一起轉生到異世界去。

序章

「佐藤和真先生，歡迎來到死後的世界。不久之前，您已經不幸喪生了。雖然短暫，您的人生已經結束了。」

在一個全白的房間裡，突然有人對我這麼說。

突如其來的事態讓我不明所以。

房間裡擺了一套小型的辦公桌和椅子，而宣告我的人生已經結束的那個人就坐在那張椅子上。

如果所謂的女神確實存在的話，一定就是指我眼前的對象吧。

她的美貌完全不同於在電視上看到的偶像歌手的那種可愛，有種超越人類的美。

澄澈的水藍色長髮，給人一種輕靈柔和的印象。

年紀大概和我差不多吧。

不會太過豐滿、也不會過於不足的完美身體上，罩著一件呈現淡紫色、俗稱羽衣的寬鬆衣物。

那位美少女眨了眨和髮色一樣澄澈的水藍色眼睛，盯著搞不清楚狀況、僵在原地的我一直看。

……我回想起不久之前的記憶。

※

……平常不去上學，一直窩在家裡的我，今天難得外出。

為了買今天開賣的某人氣網路遊戲的初回限定版，我難得起了個大早去排隊。

社會上似乎稱呼我這種人為繭居族、網遊廢人什麼的。

順利買到遊戲，再來就是回家狂玩了。原本我心情大好地這麼想著，準備回家，然而就在這個時候。

有個女生一邊低頭玩著手機，走在我前面。

從制服看來，應該是和我念同一間學校的學生吧。

看見燈號變綠之後，那個女生沒有好好確認左右，就直接走上斑馬線穿越馬路。

她身旁有個巨大的黑影直逼而去。

那一定是高速衝過去的大型卡車吧。

在動腦思考之前，我已經先撞開了那個女生。

然後…………

……我帶著平靜到自己也覺得不可思議的心情，輕聲問了眼前的美少女。

「……我可以問一件事嗎？」

對於我的問題，美少女點了點頭。

「請說。」

「……那個女生……我撞開的那個女生，她還活著嗎？」

這是最重要的一件事。

那是我的人生當中第一次，也是最後一次好好表現的機會。

要是我都拚上了自己的性命，結果卻來不及救到她的話，就太讓人不甘心了。

「還活著啊！不過傷勢頗為嚴重，腳都骨折了。」

太好了……

所以我並沒有白死。我最後總算做了一點好事啊……

見我鬆了一口氣，美少女歪著頭說：

「不過，如果你沒撞開她的話，她倒是可以毫髮無傷就是了。」

「…………啥？」

她剛才說了什麼？

「那輛牽引機原本就會在撞到那個女生之前停下來。這也是理所當然的，畢竟只是牽引機嘛，速度又沒多快。也就是說，你只顧著自己逞英雄而做出多餘的舉動……噗哧哧！」

是怎樣，明明是第一次見面，這個女生是怎樣。

怎麼辦，雖然很失禮，但我好想揍她啊。

……不對，慢著。我剛才好像聽見什麼比這個更重要的事情。

「……妳剛才說什麼？牽引機？不是卡車嗎？」

「沒錯，是牽引機喔。如果是大型卡車衝向那個女生的話，再怎麼說她也會察覺到，當然也會逃開吧。」

……………啥？

「咦？那現在是怎樣？我的死因是被牽引機耕過去嗎？」

「不，是休克致死。你誤以為自己被卡車輾過，因為過度驚嚇而休克。我做這份工作已經有很長一段時間了，但死得這麼離奇的，你還是第一個喔！」

…………

「你因為差點被牽引機撞到的恐懼，在失禁的同時失去了意識之後，被送到附近的醫院去。在醫生和護士說著『這個傢伙是怎樣，有夠沒用的啦——（笑）』的笑鬧聲當中，你就再也沒有清醒，然後就心臟痲痺而……」

「住口——！我不想聽我不想聽！我不想聽這麼窩囊的事情！」

那個女孩走到摀住耳朵的我身邊，露出不懷好意的賊笑，故意湊到我的耳邊說：

「你的家人現在趕到醫院了，只是就連他們也在傷心難過之前，先因為你的死因而忍不住噴笑……」

「閉嘴啦閉嘴啦！吶，這不是真的吧？哪有這麼窩囊的死法啊，太誇張了吧！」

俯視著抱頭蹲坐在地上的我，那個女孩掩著嘴，咯咯笑了幾聲。

「……那麼，我的壓力紓解在此先告一段落。初次見面，佐藤和真先生。我的名字是阿克婭。是在日本指引年輕死者的女神……現在，因為無謂的理由而死的你在引人發噱之餘，有兩個選擇。」

……這個傢伙！

算了，發火只是拖延話題的進展，先忍耐一下好了。

「一個是重新投胎轉世為人，展開新的人生。另外一個選擇，就是待在一個類似天堂的地方，過著像老人家一樣的生活。」

那是什麼懶得粉飾太平的選項啊。

「呃，那個……類似天堂的地方是怎樣？更重要的是，像老人家的生活又是什麼意思？」

「所謂的天堂，並沒有你們人類所想像中的那麼美好。死後不需要吃東西，既然已經死了，自然也生產不出任何東西。想製作東西也沒有材料和任何必需品。如果讓你失望了我很抱歉，但天堂裡什麼也沒有。既沒有電視，也沒有漫畫和電玩，裡面只有已死的先人們。當然，因為已經死了，也沒辦法做色色的事情，說起來根本連身體也沒有，想怎樣也無計可施。進了天堂之後能做的，只有和先人們一起曬著太陽、言不及義地閒聊，直到永遠。」

那是怎樣，沒有電玩也沒有娛樂，與其說是天堂不如說是地獄吧。

不過，要變成小嬰兒，再次開始新的人生啊……

不，也只有這個可以選了。

見我一臉失望，女神笑容滿面地說：

「嗯、嗯，你也不想去天堂那種無聊的地方對吧？話雖如此，事到如今要你拋開所有的記憶，再從小嬰兒開始重新活過的話，因為記憶都消失了，就等於是你的存在也會跟著消失。所以呢！我有一個好消息要告訴你。」

不知怎地，我只覺得可疑到了極點。

阿克婭帶著笑容，對充滿警戒心的我說：

「你……喜歡電玩對吧？」

阿克婭自信滿滿地說明她所謂的好消息。

簡單扼要地說，大概是這麼回事。

在一個有別於這裡的世界，也就是異世界，有個魔王。

然後，在魔王軍的攻打之下，那個世界陷入了危機。

在那個世界裡有魔法，也有怪物。

真要說的話，就是有個像知名遊戲勇○鬥惡龍和最○幻想那樣的奇幻世界。

「在那個世界死掉的人們呢，也就是被魔王軍殺掉的嘛，所以他們都很害怕，說不想再像那樣死去了。所以那些死掉的人，幾乎都拒絕在那個世界投胎轉世。說得明白一點，再這樣下去，那個世界就不會再有小寶寶誕生，將就此滅亡。所以，既然如此，把其他世界的死者送到那裡去不就得了？事情就是這樣。」

這算什麼移民政策。

「然後，既然要送人過去，就乾脆找年紀輕輕便喪命、還充滿依戀的人，讓他們保有原本的肉體和記憶直接送過去。而且，要是送過去就立刻死掉的話也沒有意義，所以我們還會給死者一項權利，讓你們能夠帶一樣自己喜歡的東西到那個世界去。可以是強大的特殊能力，也可以是超凡的才能，更有人選擇神器級的武器……如何？雖然是在異世界，但你可以再活一次。對於異世界的人而言，又可以多一個立即成為戰力的人。怎樣？是個好消息吧？」

原來如此，聽起來確實還不賴。

正確來說，這讓我興奮了起來。

我知道自己很喜歡電玩，但沒想到，我竟可以到一個宛如自己最喜歡的電玩的世界去。

但，在那之前。

「那個，我想問個問題，那個世界的語言呢？我有辦法說異世界語嗎？」

「這方面不成問題。在我們眾神的親切支援之下，前往異世界之際將對你的腦部直接作用，讓你瞬間學會語言。當然連文字也認得喔！但是有個副作用，運氣不好的話可能會被洗得腦袋空空就是了……所以，你再來要做的就只有選擇超強的能力或是裝備而已。」

「等等，我剛聽見很重要的事情。妳是不是說運氣不好的話會被洗得腦袋空空？」

「我沒說。」

「明明就說了。」

先前的緊張感已不復在，對方明明是女神，我的態度卻已經像是在對待平輩似的了。

……不過，這的確是很吸引人的提議。

可能會被洗得腦袋空空是很讓人害怕，但不是我在自誇，對於自己的運氣之好，我從小就很有自信。

這時，阿克婭在我眼前拿出一本看似型錄的東西。

「選吧。我可以授予你一樣，唯一的一樣，不會輸給任何人的力量。比方說，可以是強大的特殊能力。又比方說，可以是傳說級的武器。來，無論是什麼東西都可以。你有權利帶唯一一樣東西到異世界去。」

聽阿克婭說完，我接過那本型錄，開始翻閱。

……上面寫著「怪力」、「超魔力」、「聖劍阿隆戴特」、「魔劍村雨」……以及其他各式各樣的名稱。

原來如此，要從這裡面選擇想帶去的能力或裝備是吧。

真傷腦筋，有這麼多會讓我猶豫不決啊。

應該說，根據玩家直覺判斷，我覺得這些全都是犯規級的能力和裝備。

好煩惱啊好煩惱啊……既然要去有魔法的異世界，我實在很想用魔法。

如此一來，現在還是應該選擇以使用魔法為前提的能力……

「吶——快點啦——反正選什麼都一樣嘛。我對又是繭居族又是電玩宅的傢伙一點也不抱期待，能不能隨便選一選趕快啟程啊。選什麼都可以啦，趕快選——趕快選——」

「我、我才不是宅男……！而且我是出去外面才死掉的，所以也不是繭居族……！」

我以顫抖的聲音輕聲回嘴，但阿克婭只是把玩著自己的髮梢的分岔，對我毫無興趣似地說了：

「是不是都無所謂啦，趕快選就對了——後面還有很多死者在等著我指引他們耶！」

一邊說著，阿克婭就坐到椅子上，看也不看我，便開始嚼起零食來了……

……這個傢伙，明明是第一次見面卻毫不客氣地嘲笑別人的死因，不過是長得可愛了點就一直那麼囂張。

阿克婭那種嫌麻煩又敷衍了事的態度，就連我也開始火大了。

要我趕快決定是吧。

那我就做出決定囉。

要選可以帶去異世界的「東西」對吧？

「…………那，就妳吧。」

我指著阿克婭說。

阿克婭看著我，愣了一下，依然嚼著零食。

「嗯。那麼，請勿離開這個魔法陣的中央…………」

說到這裡，阿克婭的動作突然停住了。

「……你剛才說什麼？」

就在這個時候。

「我知道了。那麼，阿克婭大人今後的工作就由我來接手。」

隨著一陣閃耀的白光，一個長著羽翼的女子從空無一物的地方突然現身。

……一言以蔽之，就是個看似天使的女子。

「……咦？」

茫然驚叫的阿克婭腳邊，還有我的腳下，都冒出閃著藍光的魔法陣。

喔喔，這是什麼？

真的要就這樣到異世界去了？

「等等、咦、這是怎樣？咦、咦、這不是真的吧？不不不不，等一下，那個、太奇怪了！帶女神去是犯規吧！無效吧？這應該無效才對吧！等一下！等一下啦！」

阿克婭淚眼汪汪地張皇失措，慌亂得一塌糊塗。

面對這樣的阿克婭。

「一路順風，阿克婭大人。剩下的事情請交給我吧。等到順利打倒魔王的那一刻，我們將派遣使者去迎接您回來。在那一刻來臨之前，您的工作就交接給我負責了。」

「等一下！等一下啦！身為女神，我擁有治癒的力量，但是沒有戰鬥的力量啊！要我討伐魔王根本不可能！」

突然出現的那個天使不顧哭著扒住她的阿克婭，對我露出輕柔的笑。

「佐藤和真先生。您接下來即將前往異世界，成為討伐魔王的儲備勇者之一。在你打倒魔王的那一刻，將可以得到來自眾神的贈禮。」

「……贈禮？」

我重複了她的話尾反問。

那個天使對我柔和地微笑。

「沒錯，是一份和拯救世界相稱的贈禮……你可以實現一個願望，無論是任何願望都可以。」

「喔喔！」

也就是說，如果對那個所謂的異世界感到厭煩的話，我也可以許願回日本去囉。

比方說，厭倦了異世界的生活，就回到日本、變成大富翁，然後在美少女環繞之下過著整天打電動的人生！這種頹廢的願望也可以吧！

「等一下啦！那種帥氣的宣告應該是我的工作才對！」

被突然現身的天使搶走了工作，阿克婭哭著扒住了她。

光是能夠看見這樣的阿克婭，我就已經很滿足了。

就這樣，我指著阿克婭說：

「必須跟著自己一直瞧不起的男人一起走，妳感覺如何啊？喂，妳已經被指定為我要帶去的『東西』了，既然是女神，就好好發揮妳的神力，盡可能讓我輕鬆冒險！」

「不要啊——！居然得和這種男人一起去異世界，我不要啦————！」

「勇者啊！願你能在眾多儲備勇者當中脫穎而出，成為打倒魔王的那一位……好了，啟程吧！」

「哇啊啊啊啊啊——！那是我的台詞——！」

隨著天使莊嚴的宣告。

一陣明亮的光芒，籠罩住我和哭喊的阿克婭……！

第一章

和這個自稱女神轉生到異世界！

1

馬車駛過石板路，發出陣陣聲響。

「……是異世界……喂喂，真的是異世界啊。咦，真的嗎？接下來，我真的要在這個世界使用魔法、進行冒險了嗎？」

因為眼前展開的光景而亢奮得發抖，我一邊也如此自言自語了起來。

我看見的，是櫛比鱗次的紅磚屋所構成，類似中古歐洲的街景。

路上沒有汽車和機車，也沒有電線桿和電波塔。

「啊……啊啊……啊啊啊啊……………」

我東張西望地看著街道，觀察來往的人群。

「是獸耳！有人長著獸耳！還有精靈耳！那是精靈嗎？五官那麼標緻，應該是精靈沒錯吧！再會了繭居生活！你好啊異世界！如果是這個世界，我願意乖乖出外工作啊！」

「啊啊啊啊…………啊啊啊啊啊…………啊啊啊啊啊啊啊啊啊啊啊！」

我轉頭看向在一旁抱著頭放聲大叫的阿克婭。

「喂，妳很吵耶。要是連我也被當成和妳這個腦袋有問題的女人一夥的怎麼辦？先別叫了，像這種時候應該給我一點東西才對吧？妳看，我現在是穿成什麼樣子。運動服耶？好不容易來到奇幻世界，身上卻是整套運動服。這時依照電玩的慣例，應該都會給我最低等級的初期裝備之類……」

「啊啊啊啊啊啊啊啊啊啊啊啊啊啊啊啊啊啊啊啊啊啊啊啊啊啊啊啊啊啊啊啊啊啊啊——！」

女神一邊大叫，一邊哭著撲過來抓住我。

「嗚喔！妳、妳幹嘛，別這樣！我知道了啦，初期裝備我會自己想辦法弄到手就是。應該說，是我不對啦！既然這麼不願意就算了，妳回去好了。之後的事情我會自己想辦法解決。」

阿克婭淚眼汪汪地試圖掐住我的脖子，於是我甩開她的手，口中唸著「噓、噓」，一臉厭煩地揮著手想趕她走。

結果，阿克婭顫抖著雙手說：

「你在說什麼啊？就是因為回不去我才傷腦筋啊！怎麼辦？吶，我該怎麼辦！今後我該怎麼辦才好？」

阿克婭哭著陷入慌亂，抱著頭來回踱步了起來。

及腰的長髮被她甩得一團亂，該怎麼說呢，明明安靜地待在那邊的時候是個超級美少女，現在怎麼看都是個瘋婆子。不，老實說我已經看不下去了。

「喂，女神，妳冷靜一點。這種時候該去的地方首推酒吧，一切都是從去酒吧收集情報開始的，這正是角色扮演遊戲的固定模式。」

「啥……！明明是個繭居電玩宅，怎麼會這麼可靠？啊，和真，我的名字叫做阿克婭。你想叫我女神大人是無所謂，不過還是盡可能用名字叫我吧。要不然我們會被人民團團圍住，根本無法前去冒險、討伐魔王。儘管居住的世界不同，但原則上，我可是在這個世界受到崇敬的神祇之一呢。」

阿克婭這麼說著，自信滿滿地快步跟在我身後。

好了，這種時候應該有為了對抗魔王所組成的冒險者組織，或是為了討伐怪物而組成的冒險者公會才對。

話說回來，仔細想想，阿克婭是女神，有問題問這個傢伙就好啦。

「阿克婭，總之先告訴我冒險者公會的位置再說吧。往哪邊走才對？」

我這麼問阿克婭，但阿克婭只是一臉傻愣。

「……？這種事情你問我，我也不知道啊。我知道這個世界的一般常識，但是城鎮的狀況我就不清楚了。應該說，這裡不過是大量存在的異世界當中的一顆行星，還只是其中的一個小城鎮耶！我怎麼可能全都知道啊？」

這傢伙真是沒用。

沒辦法，我只好詢問一位路過的阿姨。

之所以不問男性是因為怕問到不良分子就麻煩了，而向年輕女性搭話對我膽小的心靈來說難度又太高。

「不好意思——可以請教一下嗎？我在找類似冒險者公會的地方……」

「公會？哎呀，居然不知道這個城鎮的公會在哪裡，難不成你是外地來的人嗎？」

照這位阿姨的說法看來，這裡果然有公會存在，我頓時放心了。

「對啊，我是來自遠方的旅行者，才剛剛抵達這個城鎮呢。」

「哎呀哎呀……既然會到這個城鎮來，我看你是個想成為冒險者的人吧。歡迎來到新手冒險者的城鎮，阿克塞爾。順著這條大馬路一直走然後右轉，就可以看見公會的招牌了。」

「直走之後右轉是吧。我知道了，非常感謝妳！……喂，走囉。」

新手冒險者的城鎮啊。

原來如此。作為將死者送到異世界來的時候的起點，這裡確實是個理想的地方。

我向阿姨道過謝，照她說的路線前進，這時阿克婭亦步亦趨地跟了過來，帶著有點尊敬的眼神感嘆地說：

「吶，看你剛才臨時編出那種藉口，為什麼可以把事情處理得那麼漂亮啊？感覺你明明是個很能幹的男生，為什麼會變成一個沒有女朋友也沒有朋友的繭居宅男？為什麼會當個每天關在家裡的繭居尼特啊？」

「沒有女朋友也沒有朋友並不是什麼壞事。人的價值無法以朋友的多寡和情人的有無來衡量。還有，不准叫我繭居尼特，臭婊子。不准把繭居族和尼特加在一起，而且我才十六歲，以社會常識而言還不到被稱為尼特的年紀……是那裡吧。」

被我叫成臭婊子的阿克婭跑來掐住我的脖子，但我沒理她，便走進了冒險者公會。

——冒險者公會——

電玩當中必定會出現的，為冒險者仲介工作、支援冒險者的組織。
也就是異世界的就業服務站。
眼前是個相當大的建築物，從裡面飄出了食物的香味。
裡面一定會有一些粗野的傢伙吧。
看見新面孔，會突然跑來找碴也說不定。
就在我做好這樣的心理準備走了進去之後……
「啊，歡迎光臨——需要介紹工作的話就請到裡面的櫃檯，如果是需要用餐的話請到空位就座吧——！」
一位一頭紅色短髮的女服務生親切地迎接了我們。
略嫌陰暗的室內，似乎同時兼營酒吧。
到處可見一群又一群身穿鎧甲的人聚在一起，但似乎沒有看起來不懷好意的人。
不過，看來新面孔還是很少見吧，大家的注意力都聚集在我們身上。
……這時，我察覺到他們注目著這邊的原因。
「吶、吶，他們看這邊也看得太誇張了吧。一定是因為那個啦，因為我身上散發出神的光輝，讓他們發現我是女神了吧。」

原因是這個說著蠢話的女神的外貌。

只要靜靜待著就是美少女的這個傢伙吸引了眾人的目光。

總之我先忽略那些視線，執行一開始的目的。

「……聽好了阿克婭，只要進行登錄，就會為新手冒險者實施各種教學，讓他們能夠生活下去，冒險者公會就是這樣的一個組織。這裡應該可以借貸冒險準備金、介紹新進人員也能夠賴以為生的簡單工作、推薦我們好的旅店才對。遊戲剛開始的時候多半都是這樣。照理來說，準備能夠在這個世界生活的最低限度物品，原本應該是你的工作……不過算了。今天的進度就設定在登錄公會、取得湊齊裝備的資金，以及找到過夜的地方吧。」

「我才不管那種事呢。我的工作，是將死者送到這個世界。不過，我知道了。雖然我對電玩不熟，但這種世界的常識、默契就是這樣囉。我也登錄成為冒險者就可以了對吧？」

「就是這樣。好，我們走吧。」

我帶著阿克婭，朝著櫃檯直線前進。

櫃檯人員有四位。

其中兩位是女性職員。

我走向兩位女性職員當中比較美的那一位的櫃位排隊。

「……吶，其他三個櫃位明明沒有人，為什麼要故意跑到這裡來啊？去別的櫃位就不用等了說……啊，因為櫃檯小姐最漂亮？真是的，虧我才剛覺得你有點可靠、讓我有點佩服，結果就來這一套啊？」

跟在我身後的阿克婭什麼都不懂，於是我小聲告訴她：

「和公會的櫃檯人員打好關係是基本原則。然後，看到漂亮的櫃檯小姐就知道有很多待立的旗標。也就是說，今後會有許多令人訝異的隱藏發展在等著我們。比如說，那位櫃檯小姐原本是很厲害的冒險者之類。」

「……這麼說來，我好像也在漫畫之類的作品當中看過類似的內容呢。對不起，我會乖乖排這裡的。」

因為我們捨棄其他空著的櫃位，刻意跑來這裡排隊，其他櫃位的人都在偷瞄我們，但現在還是假裝不知道吧。

總算輪到我們了。

「您好，今天有什麼事情呢？」

櫃檯小姐是個看起來很溫和的美女。

帶點波浪捲的頭髮和巨乳營造出成熟女性的韻味。

「呃，我想成為冒險者，只是我才剛從鄉下來到這裡，什麼都不懂……」

只要說是鄉下來的，或是從遙遠的外國來的，櫃檯人員就會自顧自地告訴我很多事。

「這樣啊。那麼，登錄需要支付登錄手續費，可以嗎？」

沒錯，這就是教學的基本。

接下來只要依照櫃檯人員的指示去做……

…………登錄手續費？

「……喂，阿克婭，妳身上有錢嗎？」

「在那種狀況下突然被帶到這裡來，我怎麼可能有帶錢啊？」

……怎麼會這樣，這種時候，不是應該借我們第一筆花費，或讓我們先賒帳才對嗎？

我暫時離開櫃檯，和阿克婭討論作戰計畫。

「……喂，這下怎麼辦？一開始就遭逢挫折了。在電玩當中，一般來說應該可以得到最低限度的裝備，就連生活費也能夠順利弄到才對。」

「瞧你突然就變得不可靠了。不過這也沒辦法，畢竟你是個繭居族嘛。好吧，接下來輪到我表現了，你等著看吧。我讓你見識一下女神的真本事。」

應該叫做神官服吧。總之有個穿著那種不太俐落、鬆鬆垮垮的衣服的祭司，坐在那裡。

阿克婭自信滿滿地接近那個男人……

「這位祭司啊，說出汝的宗派吧！我是阿克婭。沒錯，就是阿克西斯教團所祭拜的神體，阿克婭女神！若汝是我的信徒……！……能不能請汝幫個忙，借我一點錢。」

然後以這種不知道是上對下還是下對上的態度，向他討錢。

「…………我是艾莉絲教徒。」

「啊，這樣啊，真不好意思……」

雖然我搞不太懂，不過好像是不同宗派。

正當阿克婭落寞地拖著步伐準備走回來時，那個祭司叫住了她。

「啊……這位小姐，妳是阿克西斯教徒吧。雖然好像是床邊故事的情節，但阿克婭女神和艾莉絲女神好像是前輩跟後輩的關係，這也算是一種緣份。我剛才就一直在觀察你們，你們付不出手續費對吧？這點小錢，妳拿去好了，就當作是艾莉絲女神的庇祐。不過，即使妳的信仰再怎麼虔誠，還是不該冒用女神的名號喔。」

「啊……好的，抱歉……非常謝謝你……」

接過了錢，阿克婭帶著一對死魚眼回來了。

「哈哈哈……他根本不相信我是女神耶……順便告訴你，艾莉絲女神算是我的後輩……

我被女神後輩的信徒同情，還收了人家的錢……」

「反、反正目的順利達到就好啦。妳想想，要是人家相信妳是女神的話，到時候也是一種困擾嘛！」

見阿克婭回來的時候一臉像是失去了什麼重要的東西般的表情，我隨口鼓勵了她一下。

「呃……我們拿登錄費來了。」

「這……這樣啊……登錄費是每位一千艾莉絲……」

阿克婭從祭司那裡要來的錢有三千艾莉絲。

據阿克婭說，一艾莉絲相當於一圓，所以她要到的錢相當於三千圓。

櫃檯小姐非但完全沒有介入我們引發的騷動，甚至也不太願意和我還有阿克婭對上眼。

看來，我在起點就折斷了自己和這位小姐之間的旗標啊。

「好了。既然兩位說想當冒險者，應該有某種程度的瞭解才對，不過我還是重新說明一次……首先，所謂的冒險者，就是負責討伐棲息在城鎮之外的怪物……也就是討伐那些危害人民之物的人。話雖如此，其實基本上和萬事通沒什麼兩樣……靠這些工作維生的人們的總稱，就是冒險者了。然後，冒險者當中，還分成各種職業。」

來了來了，對啦就是這個。

說到冒險者就要有這個。無論職業、工作、職類，不管怎麼稱呼，總之就是要選擇一個在這世界的戰鬥型態。

比起戰士那些不起眼的職業，還是選擇像是魔法師這種搶眼的比較好吧。

櫃檯小姐分別朝我和阿克婭面前遞出一張卡片。

那約莫駕照大小，看起來就像是身分證之類的東西。

「請看這裡，是不是有個項目叫作等級？誠如兩位所知，這個世界上的各種事物，體內都藏有靈魂。無論是什麼樣的存在，只要食用或是殺害了生物，也就是終止了某種生命活動的話，就可以吸收該存在的靈魂之記憶的一部分。那就是通稱為『經驗值』的東西。這些經驗值，一般來說並非肉眼能夠看見的東西。不過……」

櫃檯小姐指著卡片的一處表示：

「只要持有這張卡片，冒險者所吸收的經驗值就會顯示在上面。同時，相應而生的等級也會跟著顯示出來。這是冒險者的強弱標準，討伐了多少對象也會記錄在這裡。隨著經驗值的累積，各種生物都會在某天突然急遽成長。這就是所謂的跨越了等級提升的高牆……簡而言之，只要提升了等級，就可以得到各種好處，像是獲得能夠學習新技能的點數等等，因此，請務必努力提升等級喔。」

聽她這麼說，我回想起阿克婭說過的事情。

她說過「你喜歡電玩對吧？」這句話。

原來如此。聽她說明到這邊，完全和電玩一樣。

「首先，就先請兩位在這份文件上填寫身高、體重、年齡、身體特徵等項目。」

我在櫃檯小姐遞給我的文件填上自己的特徵。

身高一百六十五公分，體重五十五公斤。十六歲，髮色和眼珠都是褐色……

「好，這樣就可以了。那麼，請兩位碰一下這張卡片。如此一來就可以得知兩位各項能力的參數，之後再請兩位根據數值選擇想要的職業。累積經驗之後可以依照所選擇的職業學習不同的專用技能，在選擇職業時這也是依據之一。」

喔喔，這麼快就來啦。

這時我就會發揮出驚人的潛能，讓整個公會為之騷動對吧。

我帶著緊張的心情，抱持著些許期待，碰了卡片。

「……好了，謝謝。您是佐藤和真先生對吧。我看看……肌力、生命力、魔力，以及靈活度、敏捷性……每一項都很普通，除了智力略高之外……咦？幸運非常高呢。不過，對冒險者來說，幸運是不太需要的數值就是了……這下可傷腦筋了，依照這樣的參數，您能夠選擇的職業只有最基本的『冒險者』而已喔！既然幸運的數值這麼高，我建議您可以放棄當冒險者，當個商人之類的還比較實在……您決定怎麼做呢？」

喂，我的冒險者人生劈頭就被否決了耶，現在是怎樣。

阿克婭也在一旁把嘴角吊得很高地笑著，看了就想扁她。

我這麼弱對妳也沒好處吧。

「那、那個，我還是，當冒險者好了……」

櫃檯小姐表現出一臉擔心的表情。

「沒、沒關係，等級練上去之後，參數提升了就可以轉職！而且，冒險者這個職業，正如冒險者這個總稱所示，可以說是整合了所有的職業……沒錯，雖然說是初期職業，但這並不表示就比較差喔！畢竟，冒險者能夠學習、使用所有職業的技能！」

「相對的，學習技能時需要大量的點數，又沒有職業加成，所以就算使用同樣的技能，還是比不上正規的職業。算是所謂樣樣通、樣樣鬆呢。」

櫃檯小姐才補上了幾句好話，隔了兩秒就被阿克婭潑了冷水。

真的很想找個地方丟掉這個傢伙。

看來，我就任的職業是基本職業，或者該說是初期職業。

總之，就是最弱的職業啦。

儘管如此，這下我也是個出現在電玩世界當中的冒險者了。

正當我感慨萬千地接過寫著我的名字，以及職業「冒險者」的卡片時……

「啥？啥——————！這種數值是怎麼回事？除了智力低於平均值，以及幸運在最低水平以外，剩下的所有參數都大幅超越平均值耶！尤其是魔力更是高到離譜，妳究竟是何方神聖……？」

櫃檯小姐看了阿克婭碰過的卡片，放聲驚叫。

設施內頓時一陣喧騰。

……奇怪，照理來說這應該是要發生在我身上的狀況吧？

「啊、是、是喔？是怎樣是怎樣，這表示我很厲害嗎？哎呀——到了我這個程度，會那麼厲害也很正常啦。」

再怎麼沒用好歹也是個女神的意思是吧。

不過，得意到害羞起來的阿克婭看起來真令人不爽。

「這、這已經不只是厲害了喔！需要高智力值的魔法師職業雖然不行……但除此之外的職業妳全部都可以選喔！以最強的防禦力為傲的聖騎士『十字騎士』、以最強的攻擊力為傲的劍士『劍術大師』、祭司的上級職業『大祭司』等等……一開始就可以選擇大部分的上級職業……！」

對於櫃檯小姐的問題，阿克婭煩惱了一下說：

「這個嘛，沒有『女神』這個職業是有點可惜……不過以我而言應該是大祭司吧。」

「大祭司是嗎！大祭司能夠使用各種恢復魔法以及支援魔法，即使上前衛鋒陷陣也沒問題，是個超強的萬能職業！那麼，就登錄為大祭司……好了。歡迎來到冒險者公會，阿克婭大人，我們公會的全體工作人員都很期待您今後的表現！」

櫃檯小姐笑容可掬地這麼說。

……奇怪，這是怎樣。

所以說這種狀況應該是要發生在我身上才對吧……

算了，無論如何——

就這樣，我在異世界的冒險者生活開始了。

2

「好——大家辛苦了——！今天就到此為止吧！來，這是今天的日薪。」

「謝謝。工頭也辛苦了——！」

「辛苦了——！」

在工頭宣告工作結束的聲音之下，我和阿克婭接過薪水，鞠躬問候。

「那各位，我們先走了——！」

「先走了——！」

「喔——辛苦啦！明天也拜託你們了。」

我向前輩們打招呼，阿克婭也跟著照做。

聽著前輩們的聲音，我和阿克婭離開了工地。

啊啊，今天也工作了一整天呢。

就連我都快要不敢相信自己之前還是個繭居族。

我和阿克婭握著當天的薪水，前往鎮上的大眾浴場。

大眾浴場和日本的澡堂幾乎沒什麼兩樣。

以一般的平均薪資來換算的話，這裡的入浴費比日本還貴，但工作結束之後就是要泡澡，即使貴了些還是戒不掉。

「啊——……又活過來了——…………」

我將肩膀以下都浸泡在熱水浴池裡，悠閒地紓解工作的疲勞。

畢竟這裡是個看起來像中古世紀的地方，我原本以為在異世界泡澡應該是一種奢侈，但看來這只是我單方面的成見而已。

太感恩了、太感恩了……！

離開浴池走了出去，我看見阿克婭在浴場的入口等我。
洗澡洗得比女生還久好像有點那個，不過日本人就是生性愛泡澡嘛。
「今天要吃什麼？我想吃煙燻蜥蜴漢堡排。還有冰到透心涼的深紅尼祿依德！」
「我也想吃肉。那麼，我們去找旅店的大叔點兩客煙燻蜥蜴漢堡排定食吧。」
「贊成！」
我和阿克婭兩個人嗑光定食，吃飽喝足之後，因為沒什麼事可做，便來到馬廄。
挑了沒沾到馬糞的稻草鋪成床之後，立刻就躺平了。
阿克婭也很理所當然地睡在我身邊。
「那，晚安囉——」
「好，晚安。呼……今天也是辛勤工作的一天啊……」
於是，我帶著舒暢許多的疲憊感，一步步進入夢鄉…………

「不對，給我等一下。」

我猛然地坐了起來。
「怎麼了？睡前忘記去上廁所了嗎？外面那麼黑，要不要我陪你去？」

「誰要啊。等等，不是這樣。我只是突然想到，我們怎麼會理所當然地過著一般勞動者的生活啊。」

沒錯。

最近這兩個禮拜以來，我和阿克婭一直在做城鎮外牆的拓寬工程。

也就是當土木工程的工人。

這和我在這個世界想追求的冒險者工作差得遠了。

不，應該說為什麼阿克婭也絲毫沒有抱持著任何疑問地適應了這種生活啊。

妳好歹也是個女神吧。

「那還用說嗎，不工作就沒飯吃啦？你不喜歡做工喔？真是的，繭居尼特就是這樣挑三揀四的。原則上，是還有商店街的銷售員工作可以做喔！」

「不是啊！不是這樣啦，該怎麼說，我所追求的是那種對抗怪物、緊張刺激的戰鬥！諸如此類的生活！再說，這個世界哪裡遭到魔王侵略、陷入危機啦？根本就和平到不行嘛，連魔王的魔字都沒看到啊、喂！」

越講越亢奮，我們的聲音不禁大了起來，惹得周遭罵聲四起。

「喂，吵死人了！給我安靜睡覺！」

「啊，抱歉！」

剛起步的冒險者很窮。

正常來說，根本不可能每天在旅店訂房睡覺。

一般而言，都是和其他冒險者合資一起睡通鋪。

要不然就是像現在的我們一樣，借宿在旅店的馬廄，睡在稻草上。

嗯，這和我想像中的異世界生活、和我所期待的冒險者生活完全不一樣。

每天住旅店，以日本來說就像是每天睡飯店一樣。

對於收入不穩定的冒險者而言終究是不可能的。

……沒錯，我們的收入並不穩定。

這裡根本沒有任何像是在電玩當中會出現的那種簡單採集藥草、在城鎮附近討伐怪物之類的「任務」。

不是隨便殺些怪物就會有錢冒出來。

住在城鎮附近的森林裡面的怪物，老早就全都被驅除殆盡了。

沒了怪物之後森林也變得安全了，所以幾乎沒有人會特地出錢請人去出什麼採集任務。

那當然了。

畢竟就連小孩子都可以隨便跑出去城鎮之外了。

雖然有守門的警衛，但與其一直維持滴水不漏的高度戒備，既然森林本身又不算太大，那乾脆將裡面會危害人類的怪物全部驅除掉就好了。

說起來這確實是理所當然的做法，但我實在不太想知道如此現實的事情。

進去森林花個半天採集只比一般人強上一點的冒險者也能夠輕易辨認出來的藥草，光是這樣就可以支付當天的住宿和三餐的費用。

現實中怎麼可能會有這麼好賺的工作。

仔細想想，日本在地球上已經算是富裕的國家了，但也沒看過哪個領日薪的勞動者可以每天住飯店的。

最低工資？勞動基準法？那是什麼，可以吃嗎？

這裡就是那樣的異世界。

「這、這種事情對我說也沒用啊。這裡是距離魔王城最遠的城鎮耶！像這種位居邊陲又只有新手冒險者的城鎮，誰會大老遠跑來襲擊這裡啊……換句話說，和真想從事一些比較有冒險者風格的冒險是吧？你連一點像樣的裝備都還沒湊到喔！」

阿克婭切中重點的意見讓我無從反駁。

沒錯，我和阿克婭就連最低限度的必需道具和裝備都沒有。我們一心只想著要先弄到那些東西，所以才會找了安全的土木工程勤奮地打工。

「一直做土木工程也差不多快膩了……我來異世界的目的可不是為了當勞動者啊。我來到這個沒有電腦也沒有電玩的世界，是為了冒險。妳們之所以把我送到這裡來，不就是為了討伐魔王嗎？」

聽我這麼說，阿克婭先是一臉「你在說什麼？」的表情，沉思了一陣子之後才說：

「喔喔！這麼說來確實有這麼回事！對喔，一心沉浸在勞動的喜悅之中害我都忘記了，和真不打倒魔王的話，我就回不去啦。」

聽了她這像是在裝傻似的回答，我回想起櫃檯小姐說過，這個傢伙的智力數值比一般人還低。看來果真如此。

「好啦，討伐是吧，我們就去討伐吧！放心，有我在三兩下就可以解決啦！儘管期待我的表現吧！」

「總、總覺得非常不安……不過也對，妳可是女神呢。我都靠妳囉！好，那麼，我們就拿存到的錢湊一下最基本的武器防具，明天就開始練等去！」

「包在我身上！」

「叫你們不要吵聽不懂啊！想挨揍是不是！」

「「非常抱歉！」」

在向其他冒險者道歉的同時，我帶著一顆雀躍的心就寢。

3

在萬里無雲的晴朗藍天底下。

「啊啊啊啊啊啊啊啊啊！救命啊！阿克婭，救我啊————！」

「噗哧哧！糟糕，超好笑的！和真你啊，滿臉通紅還掛著眼淚，而且超拚命的啊！」

好，等一下把這個傢伙埋了再回去。

如此下定決心的同時，我一面被巨大的蛙型怪物——巨型蟾蜍追著跑，一面求救。

這裡是城鎮外面的寬廣平原。

我們在那之後立刻到公會接了任務，便來到這裡……

至於最基本所需的武器，我選擇了短劍。

而阿克婭不知道在耍什麼笨，居然說女神拚命地揮舞武器的畫面很不美觀，所以現在身上沒有任何裝備，悠哉地看著蟾蜍追趕我。

可不要以為牠們只是蟾蜍就小看牠們。

牠們巨大的身體比牛還大，一進入繁殖期就會想要為了產卵而補充體力，因此出現在食糧較多的人類聚落，一口吞掉農家飼養的山羊。

既然山羊都可以一口吞了，我和阿克婭就更不用說。

事實上，每年到了這種蟾蜍的繁殖期，聚落的小孩和農家的人也經常失蹤。

縱使外觀看起來就只是個巨大的蟾蜍。

然而，牠們卻是危險的怪物，城鎮附近那些遭到驅除的弱小怪物和牠們根本沒得比。

順道一提，牠們的肉質雖然偏硬，但味道淡薄而清爽，是一種相當受到喜愛的食材。

而那厚實的脂肪，能夠抵擋打擊類的攻擊。

牠們討厭金屬，所以只要裝備夠齊全就不會遭到捕食，對於一般的冒險者而言算是可以輕鬆對付的對象。

因此，技術優秀的冒險者都很喜歡狩獵牠們。然而……

「阿克婭——！阿克婭——！妳不要一直顧著笑快來救我啊————！」

「那麼，首先你在叫我的時候加上小姐的敬稱。」

「阿克婭大小姐——！」

等一下再把那個傢伙埋到地底，並只露出一顆頭，讓她知道被蟾蜍盯上有多恐怖。

我幾乎就要哭出來，並一邊想要回過頭看看在自己身後一蹦一跳地追著的蟾蜍。

但這才發現，蟾蜍已經跑向和逃竄的我不同的方向了。

在牠的視線前方…………

「真拿你沒辦法耶——！好吧，我就救你一命好了藹居尼特！不過相對的，你從明天開始要崇拜本女神！回到鎮上之後就要加入阿克西斯教，一天對我祈禱三次！吃飯的時候，我向你要任何配菜都不得抵抗，必須乖乖讓給我！然後、嗚咕？」

原本扠腰挺胸不知道在說什麼的阿克婭消失了。

我轉頭看去，發現原本在追我的蟾蜍停止了動作。

那隻蟾蜍的嘴角垂著一條白色的東西。

而那個白色的東西……

「阿克婭——！妳、妳這個傢伙怎麼可以被吃掉了——！」

被蟾蜍吃掉的阿克婭，一條腿從蟾蜍的嘴角掉了出來，不住抽動著。

於是我拔出了短劍，衝向那隻蟾蜍！

「抽噎……嗚、嗚咽——啊嗚……！」

在我身前的是抱著膝蓋蹲坐在地面上，渾身還沾滿了濕濕黏黏的蟾蜍黏液，不停啜泣著的阿克婭。

躺在她身邊的，是被我敲碎腦袋的蟾蜍。

「嗚嗚……抽噎……謝、謝謝你……和真、謝、謝謝你……！嗚哇啊啊啊啊啊啊啊啊啊啊……！」

在我剛才從蟾蜍嘴裡把阿克婭拖出來之後，她就哭個沒完。

看來即使是女神，也承受不了遭到捕食的打擊。

「妳、妳還好嗎阿克婭，振作點……那個，今天我們先回去了吧。我們接的任務，是三天驅除五隻蟾蜍，不過這不是我們對付得了的對手。等我們準備了更齊全的裝備再說吧。妳看我，武器只有一把短劍，還穿著一身運動服、連防具也沒有。至少等我們穿得比較像冒險者一點再來吧。」

老實說，我一個超級外行人之所以能解決掉這隻蟾蜍，最主要也是因為蟾蜍在捕食了阿克婭之後，為了吞嚥牠的獵物而停止了動作。

如果是一隻活蹦亂跳的蟾蜍攻向我，我可沒有勇氣正面迎戰。

但是，阿克婭拖著沾滿黏液、變得濕濕亮亮的身體站了起來。

「嗚嗚……我堂堂一個女神，被區區的蟾蜍害得這麼悽慘，怎麼可能乖乖撤退……！我已經被玷汙了。要是信徒看見現在這個汙穢的我，信仰心肯定跌到谷底！要是再被人家知道我面對蟾蜍還逃了回去，怎麼對得起我美艷動人的阿克婭女神之名！」

別擔心啦。妳平常搬運比大叔們多出好幾倍的建材、搬得汗流浹背還那麼開心，最大的樂趣是泡完澡吃晚餐，在馬廄裡的稻草堆上睡在我身邊都可以睡得舒服到流口水。看過妳那副德性的話，現在這種滿身黏液的模樣根本不算什麼。

但是，我還來不及阻止，阿克婭已經衝向在較遠處的另外一隻蟾蜍了。

「啊！喂，等一下啦，阿克婭！」

阿克婭不聽我的制止，拉近了自己和蟾蜍之間的距離，順著衝出去的勁道，舉起帶著白光的拳頭打向蟾蜍的腹部。

「讓你見識一下神的力量！竟敢擋在我面前，竟敢與神為敵！我要讓你在地獄為此一面後悔一面懺悔！神光拳！」

我記得，公會的職員告訴過我們，打擊類的攻擊對巨形蟾蜍沒什麼用耶。

拳頭打在蟾蜍柔軟的腹部上便陷了進去，至於挨了揍的蟾蜍，看起來一點事情也沒有……

和蟾蜍四目對望的阿克婭輕聲說了：

「……仔、仔細一看，蟾蜍其實也挺可愛的呢。」

…………於是，我打倒了第二隻試圖吞噬捕食到的獵物而靜止不動的巨型蟾蜍，帶著沾滿黏液哭成一塌糊塗的女神，結束了今天的討伐。

「我知道了。只有我們兩個人打不過。還是招募同伴吧！」

我們回到鎮上之後，第一件事就是衝到大眾浴場去洗掉一身髒汙，然後在冒險者公會吃著酥炸蟾蜍腿肉，同時開會討論作戰計畫。

這個冒險者公會，除了是冒險者們的集合地點和聚會場所之外，同時也設置了大型酒吧，能夠收購冒險者們討伐來的怪物，而好吃的怪物料理也就成了一大賣點。

今天因為得到兩隻蟾蜍的肉，我們把蟾蜍肉賣給公會，換到不少零用錢。

那麼巨大的蟾蜍，我們兩個人實在搬不動。

不過，只要委託公會的人，他們就會提供搬送服務，運走我們打倒的怪物。

一隻蟾蜍的收購價格，扣掉搬送服務的費用，有五千艾莉絲。

說穿了，其實賺到的錢和土木工程的打工費差不了多少。

不過，稍微有點硬的酥炸蟾蜍倒是意外的好吃，讓我嚇了一跳。

剛來到這個世界的時候，對於要吃蜥蜴、蟾蜍之類的東西還有些抗拒，但是做好的定食端到眼前，嚐過味道之後，才發現意外美味的東西還不少。

但眼前的這個女神對於任何食物都毫不猶豫地大吃特吃就是了。

「可是……就算要找同伴，妳覺得會有人想和才剛起步、就連個像樣一點的裝備都沒有的我們組隊嗎？」

吃了滿嘴蟾蜍腿肉的阿克婭，拿著手裡的叉子左右搖了搖。

「有恩好也愛，想拗宏萬只西藥高物一下……」

「先吞下去啦。吞下去再說話。」

她把嘴裡的食物吞下去之後，說：

「有本小姐在，想找同伴只需要招募一下，馬上就會有人來了啦。畢竟，我可是大祭司，是最上級職業耶！能夠使用各種恢復魔法、輔助魔法，治療中毒和麻痺等狀態，就連復活也難不倒我，肯定是每個小隊都非常想要的人才啊。儘管被和真害得墮入凡間，現在的力量和原本的狀態相去甚遠，但再怎麼說我也是女神……咳嗯！再怎麼說我可是阿克婭大小姐耶！只要稍微招募一下就會有一堆表示『拜託帶我一起出任務』的傢伙冒出來啦！聽懂了的話，就再給我一塊酥炸蟾蜍！」

說完，那個自稱女神的傢伙，便從我的盤子裡搶走一塊酥炸蟾蜍，而我只能心懷不安地望著她。

5

隔天，在冒險者公會。

「……………………都沒人來耶……」

阿克婭落寞地自言自語。

貼出徵人告示之後，我們就坐在冒險者公會裡的一張桌子旁邊，等待未來的儲備英雄現身，但已經持續等超過半天了。

看來，其他冒險者也不是沒看見我們的告示。

因為除了我們以外，也有不少冒險者在招募小隊成員，而他們都先後進行了面試，和來者相談甚歡之後，一行人便結伴不知道上哪兒去了。

至於為什麼都沒有人來的原因，我倒是很明白。

「……吶，還是降低門檻吧。我們的目的是討伐魔王，所以設這樣的條件或許是不得已的沒錯……但，『只招募上級職業』這種條件還是太嚴苛了。」

「唔……可是可是……」

在這個異世界，冒險者的職業當中，有所謂的上級職業。

阿克婭的職業，大祭司也是上級職業之一。

一般的人類很難擔任這種職業，說起來可以算是勇者候選人。

當然，這種勇者候選人都已經在其他小隊裡得到優渥的待遇了……

為了討伐魔王，阿克婭應該是想要盡可能以強大的人才組成小隊吧。

但是……

「再這樣下去也不會有半個人來喔！再說，妳是上級職業沒錯，但我可是最弱職業耶。要是身邊突然充滿菁英分子會讓我更無地自容，不如把招募的門檻稍微降低……」

這麼說著，就在我正準備站起來的時候。

「我看見在招募上級職業冒險者的告示，請問就是你們嗎？」

那是一雙略顯慵懶、看起來有點想睡的紅色眼睛。

還有顏色烏黑、質感潤澤，長度差不多剛好碰到肩膀的秀髮。

對我們說話的，是個披著黑斗篷、穿著黑長袍、腳踩黑長靴、手拿法杖，甚至還戴著一頂尖帽，完全是典型魔法師打扮的少女。

她的五官有如陶瓷娃娃一樣工整——是個小蘿莉。

在這個世界，小孩子出外工作似乎並不是什麼太稀奇的事情……

突然，這個怎麼看頂多都只有十二三歲，戴著眼罩遮住了一隻眼睛，嬌小又纖瘦的少女，用手拉了下斗篷用力一揮說：

「吾乃惠惠！職業乃大法師，使用的乃是最強之攻擊魔法，爆裂魔法……！」

「…………妳來對我們放嘲諷的是吧？」

「不、不素啦！」

我忍不住對女孩的自我介紹吐嘈，而她慌慌張張地連忙否認。

而且我說，惠惠這個名字是怎樣啊。

「那雙紅眼……莫非妳是紅魔族？」

聽阿克婭這麼問，女孩點了點頭，並將自己的冒險者卡遞給了阿克婭。

「正是！吾乃紅魔族首屈一指的魔法師，惠惠！吾的必殺魔法足以造成山崩地裂……！……總之就是這樣，你們需不需要優秀的魔法師呢？……另外還有一個不情之請，我已經三天沒吃任何東西了。如果可以的話，能不能在面試之前先請我吃點東西……」

說著，惠惠以傷心的眼神看著我們。

與此同時，惠惠的肚子周遭傳出了令人心酸的「咕嚕」聲。

「……請妳吃飯是無所謂啦，不過妳的眼罩是怎麼回事？如果是受傷的話，要不要叫這個傢伙幫妳治好啊？」

「哼……此乃壓抑吾之強大魔力的魔法道具……若是揭除此物……到時候，將有巨大的災禍降臨於這個世界……」

「是喔……所以是類似封印的東西囉。」

「我隨口說說的啦。這是普通的眼罩，只是戴好看的……啊、啊、對不起啦，不要這樣、不要拉啦！」

「呃……向和真說明一下，她們紅魔族生來具備智力高、魔力強的特質，多半都擁有成為專家級魔法師的潛力。紅魔族的特色，在於成為族名由來的紅色眼睛……還有每個人的名字都很奇怪。」

阿克婭對正在拉扯惠惠的眼罩的我這麼說。

……原來如此。光聽她的名字和這個眼罩，我本來還以為她在作弄我呢。

我放開惠惠的眼罩之後，她轉換了一下心情說：

「說我們的名字奇怪也太沒禮貌了吧。真要說的話，我還覺得這個鎮上的人們的名字比較奇怪呢。」

「……對了，可以順便問一下妳父母的名字嗎？」

「媽媽叫唯唯，爸爸叫飄三郎。」

「「…………」」

我和阿克婭不禁沉默不語。

「…………總之，這個女孩的種族出了很多優質的魔法師對吧？可以讓她當同伴嗎？」

「喂，你對我父母的名字有意見就說啊，我洗耳恭聽。」

惠惠把臉湊了過來，這時阿克婭將冒險者卡還給了她。

「可以吧？冒險者卡也不會是仿冒品，她的確是屬於上級職業、能夠使用強大攻擊魔法的魔法師——大法師。卡片上所顯示的魔力值也很高，應該是個值得期待的人才。如果她說自己會用爆裂魔法這件事是真的，那可是非常不得了喔！爆裂魔法是爆炸系的最高級魔法，據說相當難學會呢。」

「喂，不要她來她去的，叫我的名字好嗎！」

惠惠如此抗議著，於是我將店裡的菜單遞給了她。

「隨便啦，點些東西來吃吧。我是和真。這個傢伙叫阿克婭。請多指教，大法師。」

惠惠一臉還有話想說的樣子，但最後還是默默接過了菜單。

6

「爆裂魔法是最強的魔法。相對的，要使用魔法就需要花費相當長的時間去準備。在我準備好之前，請你們絆住那隻蟾蜍。」

我們帶著吃飽的惠惠，來找那些巨型蟾蜍報仇。

平原上，可以看見遠方有一隻蟾蜍。

那隻蟾蜍已經發現了我們，朝我們這邊衝了過來。

然而，也能看到反方向還有另外一隻蟾蜍正朝這邊逼近。

「妳的魔法就鎖定比較遠的那一隻吧。至於比較近的……喂，我們上，阿克婭。這次一定要雪恥。好歹妳也是前任女什麼的吧？偶爾展現一下前任女什麼的實力來看看啊！」

「前任是怎樣？我女神的身分還是現在進行式好嗎！大祭司的身分只是一種偽裝！」

看著淚眼汪汪地作勢掐我脖子的自稱女神的傢伙，惠惠疑惑地說：

「……女神？」

「……是自稱女神的可憐蟲。她偶爾會脫口說出類似的話，希望妳可以盡量不要理她。」

聽我這麼說，惠惠以同情的眼神看著阿克婭。

快要哭出來的阿克婭握著拳頭，有點自暴自棄地朝比較近的那隻蟾蜍衝了過去。

「什麼嘛，不過就是比較不吃打擊類攻擊的蟾蜍，這次我真的要讓你好好見識一下女神的力量！和真，你給我看著！雖然我目前還沒什麼表現，但是今天我一定會成功！」

如此吶喊著，毫無學習能力的阿克婭果然成功進入蟾蜍的體內，最後終於停止了動作，就這樣絆住了一隻蟾蜍。

不愧是女神，為了爭取時間不惜挺身而出啊。

……這時，惠惠身邊的空氣開始震盪。

就連和魔法還不熟的我都看得出來，惠惠準備要用的魔法有多驚人。

惠惠詠唱魔法的聲音越來越大，一行汗珠從她的太陽穴滑落。

「好好看著吧。這就是人類所能實行的攻擊手段當中威力最強的一種……這正是最極致的攻擊魔法。」

惠惠的法杖前端閃現光芒。

光芒的規模雖小，卻像是凝聚了極為龐大的光線似的，非常耀眼。

惠惠紅色的眼睛閃現絢麗的神采，赫然圓睜。

「『Explosion』！」

一道閃光竄過了平原。

由惠惠的法杖前端發出的那道光芒直指遠方，不偏不倚地命中朝我們逼近的蟾蜍……！

之後，魔法那凶惡的效果立刻顯現出來。

隨著刺眼的強烈光芒，以及震盪周邊空氣的巨響，蟾蜍爆裂開來，血肉橫飛。

好像就快被那凌厲的爆風給吹走似地，我盡力穩住腳步並護著臉。

爆炸的煙塵平息之後，在那隻蟾蜍原本待的位置形成了一個二十公尺以上的隕石坑，顯示出剛才的爆炸威力有多麼驚人。

「……太猛了吧——這就是魔法啊……」

惠惠的魔法的威力令我為之感動，但就在這個時候。

或許是被魔法的聲響和衝擊驚醒了吧，有一隻蟾蜍從地底下緩緩爬了出來。

我原本還在想，最近既沒下雨，這個平原上又沒有水源，這些蟾蜍在大太陽底下要怎樣活下來而不至於被曬乾，沒想到是鑽進地底啊。

那隻正要爬出來的蟾蜍就在惠惠附近，但動作非常遲緩。

只要趁這空檔和惠惠一起遠離蟾蜍，再讓她用一次剛才的爆裂魔法，轟牠個灰飛煙滅就好了吧。

「惠惠！我們暫時先後退，拉開距離再攻擊……」

說到這裡，我朝惠惠看了過去。

但與此同時，我就這樣僵住了身子。

因為，惠惠已經倒在地上了。

「哼……爆裂魔法乃吾之奧義，其威力極大，因此消耗的魔力也極大……簡單的說，就是我用掉的魔力超過了極限，所以動彈不得了。啊，我完全沒想過附近會有蟾蜍冒出來……不妙，會被吃掉。不好意思，救、救我一下……噫啊……！」

於是，我收拾掉阿克婭和惠惠以一己之身封鎖住動作的兩隻蟾蜍。

總算是完成了在三天之內討伐五隻巨型蟾蜍的任務。

7

「嗚……嗚嗚……抽噎……好臭……有腥臭味啦…………」

渾身沾滿黏液的阿克婭抽抽搭搭地哭著，跟在我身後。

「蟾蜍的體內臭歸臭，那種暖暖的感覺倒是挺不錯的……真是增長了一點也不想知道的見聞啊……」

趴在我背上的惠惠和阿克婭一樣沾滿了黏液，還告訴了我這種一點也不想知道的知識。

使用魔法的人若是用了超出其魔力極限的魔法，將會耗損生命力，代替不足的魔力。

在魔力枯竭的狀態下使用大型魔法的話，甚至有可能危及性命。

「從今以後，除了緊急狀況以外，禁止妳使用爆裂魔法。接下來就要請妳多多運用其他魔法好好加油囉，惠惠。」

聽我這麼說，趴在我背上的惠惠，抓著我的肩膀的手多了幾分力道。

「……我不會用。」

「…………啥？妳不會用什麼？」

我像是鸚鵡學舌似地重複了惠惠說的話。

惠惠抓著我的手更加用力了，同時也將她單薄的胸口貼在我的背上。

「……我只會用爆裂魔法。其他的魔法我完全不會用。」

「……真的假的。」

「…………真的。」

在我和惠惠陷入一片寂靜之際，原本一直吸著鼻水啜泣的阿克婭，終於加入了我們的對話之中。

「不會用爆裂魔法以外的魔法是怎麼回事？既然妳的技能點數多到能夠學會爆裂魔法，應該不至於沒學會其他魔法才對吧？」

……技能點數？

這麼說來，公會的櫃檯小姐好像說過學習技能怎樣怎樣的。

見我一臉疑惑，阿克婭便為我說明。

「所謂的技能點數，是就職時能夠得到的點數，用途是學習技能。越優秀的人一開始能夠得到的點數越多，只要分配能點數就可以學會各式各樣的技能。比方說，超級優秀的我就先學會了所有的宴會才藝技能，然後也學會了大祭司的所有魔法。」

「……宴會才藝是要用在什麼地方的技能？」

阿克婭假裝沒聽見我的問題，繼續說了下去：

「每種職業、每個人能夠學會的技能都有其限制。比方說，怕水的人在學習結冰或是水屬性的技能時，會用上比一般人更多的點數，最壞的狀況就是連學都沒有辦法學……然後，爆炸系的魔法是複合屬性，學習這種魔法需要對火系和風系的魔法具備深厚的知識才行。也就是說，既然是能夠學會爆炸系魔法的人，應該更能夠輕易學會其他屬性的魔法才對。」

「意思就是說能夠學會爆裂魔法這種高階魔法的話，不可能無法使用其他的低階魔法囉……所以說宴會才藝技能妳是打算什麼時候用在哪裡來著？」

但語落，惠惠在我的背上喃喃地說了：

「……我是深深愛著爆裂魔法的大法師。我並不是喜歡爆炸系的魔法，而是只喜歡爆裂魔法一種。」

說真的，爆炸魔法和爆裂魔法是哪裡不一樣啊？

我就連這種程度的事情也不明白，然而阿克婭卻是一臉認真地傾聽惠惠的獨白。

不，比起這些，我現在已經完全被那個什麼宴會才藝技能給拉走注意力了。

「當然，如果學會其他技能的話，冒險也會變得比輕鬆吧。火、水、土、風，光是學會這些基本屬性的技能應該就會差很多了……可是，我辦不到。我唯一的真愛就只有爆裂魔法。即使以我目前的魔力一天頂多只能用一次，即使使用魔法之後就會倒地，我心中唯一的真愛還是只有爆裂魔法！因為，我選擇走上大法師這條路唯一的目的，就只有使用爆裂魔法啊！」

「了不起！真是太了不起了！妳那種明知效率不彰卻還是追求浪漫的態度，真是讓我太感動了！」

……糟糕，看來這個魔法師也是不中用的那一型。

能夠讓阿克婭心有戚戚焉就是最佳證據。

在這兩次對抗蟾蜍的戰鬥之中，我已經在懷疑這個女神一點也派不上用場了。

老實說，阿克婭一個人已經夠棘手了，要是再來個燙手山芋的話……

好，我決定了。

「這樣啊。我想這應該會是一條艱辛的道路，妳要好好加油喔。啊，可以看見城鎮了耶。那麼，回到公會之後就來平分這次的報酬吧。嗯，如果有機會的話，或許我們還會在別的地方碰面吧。」

我這麼說完，惠惠抓著我的手更用力了。

「哼……吾的期望，只有使用爆裂魔法。報酬只不過是附加產物，不如這樣，報酬不需要平分，只要你願意負責吃飯洗澡以及其他雜費支出，吾可以考慮不收報酬。沒錯，吾身為大法師的力量，現在只要餐費加上一點其他費用就可以擁有！這下不締結一個長期契約怎麼行呢！」

「不不不，那麼強大的力量不適合我們這種孱弱的小隊伍。沒錯，以惠惠的力量待在我們隊上太屈就了。像我們這種剛起步的人只需要普通的魔法師就夠了。像我，職業還是最弱小的冒險者呢。」

說著，為了在抵達公會的同時就可以趕走死命扒住我的惠惠，我試圖鬆開她的手。

但惠惠反而抓住我的手不放。

「不不不不，無論是多弱小還是多新手都沒關係。我雖然是上級職業，也還是個新手啊。等級也才六而已。等級再練高一點的話用過魔法之後應該就不會躺平了。所、所以，有話好說嘛，不要拉開我的手好嗎？」

「不不不不不，一天只能用一次魔法的魔法師太難運用了啦。唔，這個傢伙明明是魔法師，握力卻意外的強……！放、放手啦妳，我看八成是其他小隊也都不要妳吧。應該說，要是進入地城的話，爆裂魔法根本無法在狹窄的室內使用，到時候妳就真的派不上用場了。我、我叫妳放手啦。這次的報酬我會照分給妳的！快放手！」

「請不要拋棄我！已經沒有任何一個小隊願意收留我了！在探索地城的時候要我提行李也行，要我做什麼我都願意！求求你，不要丟下我！」

大概是因為不肯離開我背上的惠惠大聲嚷嚷著什麼「不要丟下我」的關係，路人們看著我們這邊，便開始交頭接耳了起來。

因為已經進入城鎮裡面了，再加上只有外貌特別出眾的阿克婭，讓我們格外引人注目。

「——不會吧……那個男的想要拋棄那個小孩耶……」

「——他身邊還帶著一個滿身黏液的女生呢。」

「——居然玩弄那麼小的小孩，而且玩過就想要拋棄她，真是個垃圾。你們看！那兩個女生身上怎麼都黏黏滑滑的？到底是玩了什麼性愛遊戲啊那個變態。」

……我肯定是遭受了什麼莫須有的誤會。

阿克婭聽了開始賊笑，看起來真是可恨。

然後，惠惠似乎也聽見了路人的竊竊私語。

我看著從我肩上探出頭的惠惠，她的嘴角揚起了一絲不懷好意的笑……

「任何玩法我都可以接受！要像剛才那樣，利用蟾蜍玩那種黏液遊戲我也可以忍……」

「好啦──我懂了！惠惠，今後請多多指教！」

8

「好的，確實無誤。經過確認，各位確實完成了在三天之內討伐五隻巨型蟾蜍的任務。辛苦你們了。」

在冒險者公會的櫃檯報告過後，我得到規定的報酬。

至於滿身黏液的阿克婭和惠惠，因為不清理一下實在太腥臭，而且我很可能又受到莫須有的誤會，所以我就把她們趕到大眾浴場去了。

我們解決掉的蟾蜍當中有一隻因為爆裂魔法而粉身碎骨了，我原本還在想報告任務完成的時候不知道會不會有影響，不過打倒的怪物種類和數量似乎都記錄在冒險者卡上了。

我將自己的卡片和惠惠寄放在我這邊的卡片交給櫃檯小姐，櫃檯小姐便操作放在櫃檯上的奇妙箱型物體，光是這樣就確認結束了。

或許是因為發達的並非科學而是魔法的緣故吧，這個世界的技術水準也不容小覷。

我再次看了一下自己的卡片，上頭記錄著著冒險者等級四。
聽說那種蟾蜍對於新手冒險者而言是屬於很容易用來練等的怪物。
我一個人就解決掉四隻蟾蜍，光是這樣就讓我的等級一口氣提升到四了。
而且等級越低的人好像成長得越快。
卡片上的各項參數的數值稍微提升了一些，不過我本身並沒有什麼自己變強了的感覺。
「……不過，還真的只要打倒怪物就可以變強了啊……」
我不禁這麼自言自語著。

櫃檯小姐一開始說明的時候曾經說過。
這個世界上的各種事物，體內都藏有靈魂。無論是任何存在，只要食用或殺害生物，也就是終止了某種生命活動，就可以吸收該存在的靈魂之記憶的一部分，她是這麼說過的。
這個部分真的很有電玩的感覺呢。

我再仔細一看，卡片上有個項目叫做技能點數，顯示出的數字是三。
只要使用這些點數，我也可以學會技能。
「那麼，兩隻巨型蟾蜍的收購金加上達成任務的報酬，總共是十一萬艾莉絲。請點收。」

十一萬啊。

那種巨大的蟾蜍，扣掉搬送費用的收購價格是五千圓左右。

然後，打倒五隻蟾蜍的報酬是十萬圓。

聽阿克婭說，任務一般都是由四到六人的小隊進行。

所以，以一般冒險者的行情來看，費時一到兩天、賭上性命戰鬥，得到的是五隻蟾蜍的收購金和報酬，共計十二萬五千圓。假設是五人小隊的話，一個人可以分到兩萬五千圓。

……太不划算了吧——

一天完成任務的話就是日薪兩萬五千圓。

只看日薪的話，或許會覺得以一般人來說算是很好賺了，但是想到這是伴隨著生命危險的工作的話，感覺就很划不來。

說穿了，今天要是又冒出另一隻蟾蜍把我也吃了，我們三個就會沒人相救而遭殲滅。

光是這麼想就讓我背脊發涼。

我姑且看了一下其他的任務，公布欄上的任務有……

『——砍伐對森林造成不良影響的艾基爾樹，報酬為以量計價——

——協尋走失寵物白狼——

——小犬的劍術指導—— ※必備：僅限盧恩騎士或劍術大師。

——徵求魔法實驗的練習對象—— ※必備：強韌體力或高強魔法抵抗力……』

嗯。

想在這個世界生存還真不容易。

冒險開始才第二天，我已經開始想回日本了。

「……不好意思，可以請問一下嗎……？」

正當我在附近的椅子上坐了下來，稍微有點思鄉病發的時候，有人從背後輕聲向我搭話。

面對了異世界的現實、總覺得有點無力的我，帶著空洞的眼神轉過頭去。

「有什麼事…………嗎…………」

然後，我看見向我搭話的人，頓時啞然。

是個女騎士。

而且還是超級美女。

乍看之下感覺是個冰山美人的她，面無表情地看著我。

身高比我高一點。

我的身高是一百六十五公分。

比我高一點的話就是一百七十左右吧。

她全身上下都包在看起來很堅固的金屬鎧甲裡面，是個金髮碧眼的美女。

年紀大概比我大個一兩歲吧。

那身鎧甲讓人看不出體型如何，不過我總覺得那位美女相當有女人味。

她的面孔看起來明明很冷酷……該怎麼說呢，有種很能挑起人家受虐傾向的感覺……

……啊，不行，我居然看得入迷了。

「啊，呃——請問有什麼事嗎？」

面對不像看起來和我年紀差不多的阿克婭還有年紀比我小的惠惠，而是比我年長的美女讓我緊張了起來，聲音都有點分岔了。

這就是長期過著繭居生活所帶來的弊害。

「嗯……這張招募告示，是你的小隊在徵人對吧？你們現在還有在徵人嗎？」

那位女騎士給我看了一張紙。

這麼說來，在惠惠加入我們的小隊之後，我們還沒撕掉那張招募告示呢。

「喔——我們還在招募小隊成員啊。話雖如此，我其實不太建議妳加入就是了……」

「請務必選我！請務必讓我加入你們的小隊！」

我正準備委婉地拒絕時，那個女騎士突然一把抓住我的手。

……咦？

「不、不不不，等、等一下等一下，我們這個小隊有很多問題喔，另外兩個同伴都是遜咖，我還是最弱職業，像剛才也是，害得那兩個同伴渾身黏液、痛痛痛痛痛！」

就在我說出渾身黏液這幾個字的瞬間，握著我的手的女騎士更使力了。

「果然沒錯，剛才那兩個渾身黏液的人是你的同伴！到底是發生了什麼事才會落到那種下場……！我、我也……！我也想變成那樣……！」

「咦？」

這位大姊剛才說了啥？

「不對，我說錯了。那兩名少女才沒幾歲就碰上那種事情，身為騎士我無法坐視不管。如何，我可是騎士的上級職業——十字騎士。應該符合你們的招募條件才對。」

這個女騎士是怎樣，眼神好危險啊。我原本還以為她是個冷靜沉著的大姊姊呢！

然後，我的危機感應器產生了反應。

這個傢伙是和阿克婭還有惠惠有某種共通之處的類型。

……雖然是個美女，但也無可奈何。

「哎呀——剛才我話才說到一半而已，真的不建議妳加入喔。其中一個同伴根本不知道可以在什麼地方派上用場，另外一個則是一天只能用一次魔法，然後我又是最弱的職業。我們就是這麼一個遜咖小隊，還是建議妳找其他的……？」

女騎士的手又握得更用力了。

「那就更好了！老實說，實在有點難以啟齒，我對於自己的臂力和耐力都很有自信，偏偏手腳不太靈活……所以……攻擊完全打不到敵人……」

看來我的感應器果然是正確的。

「所以說，你們完全不需要在意我是上級職業這件事。我會不顧一切衝上前去，你們儘管把我當成盾牌狂操就可以了。」

女騎士猛然將她端正的臉孔湊到坐在椅子上的我面前。

臉靠太近了啦！

因為我坐著，形成了對方俯視著我的狀態，使得女騎士直順的金髮滑到我的臉頰上，害我小鹿亂撞了起來。

長期過著繭居生活所帶來的弊害又出現了……！

不，不對，純粹只是因為這狀況對青春期的處男而言太過刺激，讓我不知所措而已。

冷靜下來，別被對方的姿色給誘惑了！

「不，怎麼可以讓女生去當盾牌呢。我們的小隊真的弱到不行，攻擊真的都會落在妳身上喔。說不定每次遇到怪物妳都會被圍毆喔！」

「如我所願。」

「不，該怎麼說呢，今天我那兩個同伴都遭到蟾蜍捕食，弄得渾身黏液喔！說不定每天都會變成那樣耶！」

「那更是如我所願！」

…………唉，我懂了。

這個臉頰泛紅、用力握著我的手的女騎士。

看著她，我領悟到一件事。

……這個傢伙也是個不僅性能不中用，連內在也不中用的類型。

第二章

以這隻右手偷取寶物（內褲）！

1

「吶，我有件事想問妳們。技能要怎麼學啊？」

討伐蟾蜍任務的隔天。

我們在公會內的酒吧吃著時間有點晚的午餐。

在我的眼前，是身無分文、在遇見我們之前吃不到什麼像樣的食物，現在專心一意地吃著定食的惠惠，還有叫住附近的店員、正在點下一份餐點的阿克婭。

她們真是食欲旺盛到一點也不像花樣年華的女生。

……兩女一男好歹也算是個後宮小隊，卻毫無女人味可言呢……

惠惠握著叉子，抬起頭說：

「你說學習技能嗎？那還不簡單，看你的卡片，從上面的『目前可學習技能』項目當中……對喔，和真的職業是冒險者對吧。冒險者屬於初期職業，必須有人教你技能才行。首先親眼看過技能，再請使用者教你使用方法。如此一來，卡片上就會出現『目前可學習技能』這個項目，只要使用點數選擇該項目就可以完成學習了。」

原來如此。

我記得櫃檯小姐說過，冒險者這種初期職業可以學習所有的技能。

既然如此……

「……意思就是說，只要請惠惠教我的話，我也可以使用爆裂魔法囉？」

「就是這樣！」

「唔喔！」

沒想到，惠惠對我不經意的一句話產生了意想不到的強烈反應。

「就是這樣沒錯，和真！當然，學習所需的點數會高到非常離譜，但是冒險者是除了大法師以外唯一能夠使用爆裂魔法的職業。如果你想學爆裂魔法的話，要我怎麼教你都可以。應該說，除了爆裂魔法以外還有任何值得學習的技能嗎？不，當然沒有！來吧，和我一起走上爆裂道吧！」

臉靠太近了啦！

「等等、妳、妳冷靜一點啦小蘿莉！應該說，我的技能點數現在只有三點而已耶，這樣有辦法學嗎？」

「小、小蘿莉……？」

因為惠惠已經興奮過了頭，完全無法正常交談，於是我轉而問了阿克婭。

「冒險者想學會爆裂魔法的話，技能點數有個一二十點也不夠。大概要花個十年左右練等，得到的點數全部存起來完全不能拿來花，這樣或許有可能學到。」

「誰等得了那麼久啊。」

「呵……居然稱吾為小蘿莉……」

惠惠似乎因為我剛才的稱呼受到了打擊，垂頭喪氣的再次開始小口小口吃著她的定食。

不過，我的職業——冒險者，唯一的優點就是可以學習所有的技能。難得有這麼個強項，我當然想學習多種技能。

「吶，阿克婭，妳應該有很多方便的技能才對吧？有沒有什麼簡單易學的技能，教我一下吧。最好是學起來不會花太多點數，學了又很好用的。」

聽我這麼說，阿克婭握著裝了水的杯子，沉思了一陣。

「……真拿你沒辦法——話說在前頭，我的技能可是非同小可喔！這些照理來說可是不會隨隨便便就教人的技能喔！」

阿克婭刻意吊人胃口是讓我有點不悅，不過既然要請她教我，現在只好忍住了。

我老實點了點頭，然後觀察阿克婭使用技能時的一舉一動。

「那麼，你先看著這個杯子。把這個裝了水的杯子放在自己頭上，並且小心別讓杯子掉下來。來，你也試試看吧？」

在眾目睽睽之下做這種事情有點不好意思，但我也跟著阿克婭的動作，同樣把杯子放到自己頭上。

接著，阿克婭不知道從哪裡拿出一顆不知道什麼東西的種子，放在桌子上。

「好，接下來用手指將這顆種子彈進杯子裡面，要一次就成功喔。然後呢，神奇的事情發生了！種子吸了杯子裡的水之後立刻發芽……」

「誰叫妳教我宴會才藝技能了妳這個沒用女神！」

「咦咦————？」

不知為何大受打擊的阿克婭也和惠惠一樣垂頭喪氣了起來，開始用手指輕彈桌子上的種子滾著玩。

我是不知道妳在沮喪什麼啦，不過可以把頭上的杯子拿下來嗎，很引人注目耶。

「哈、哈、哈！你很好笑耶！吶，你就是達克妮絲想加入的小隊的人吧？你想學有用的技能？那你要不要學盜賊技能啊？」

突然有人在一旁插話。

我轉過頭去一看，隔壁桌坐著兩個女生。

對我說話的是一個身穿皮革鎧甲，穿著輕便的女生。

她的臉頰上有小小的刀疤，看起來有點世故，但給人的感覺大而化之又開朗，是個銀髮的美少女。

坐在她身旁的，是全副武裝，穿著一身鎧甲的金長髮美女。

是個感覺冷酷、難以親近的冰山美人……

沒錯，就是前一天說想加入我們的小隊的那個女騎士。

盜賊女孩應該比我小個一兩歲吧。

「那個，盜賊技能是？有些什麼樣的技能啊？」

對於我的提問，看似盜賊的那個女孩開心地說：

「問得好啊。盜賊技能很實用喔——有『解除陷阱』、『感應敵人』、『潛伏』、『竊盜』，全都是學到等於賺到的技能。你的職業是最初期的冒險者對吧？學習盜賊技能所要花費點數不多，很划算喔！如何啊？現在找我學的話，只要請我一杯深紅啤酒就可以了！」

好便宜啊！

原本我還這麼覺得，但仔細想想，教我技能對她而言並沒有任何風險。

而且如果我真的想學盜賊技能的話，隨便拜託其他盜賊也可以。

「好，那就拜託妳了！不好意思——請給這位小姐一杯冰涼的深紅啤酒！」

2

「先自我介紹一下好了。我是克莉絲。如你所見，是個盜賊。然後，這個擺著臭臉的傢伙是達克妮絲。你們昨天好像聊過一下對吧？她的職業是十字騎士，應該沒什麼對你有幫助的技能才是。」

「妳好！我叫和真，請多指教，克莉絲！」

冒險者公會後方的廣場。

我和克莉絲還有達克妮絲，三個人站在這個沒有人煙的廣場。

順道一提，跟著我的那兩個傢伙一直待在桌邊垂頭喪氣，所以我就把她們留在那裡了。

「那麼，就先從『感應敵人』和『潛伏』開始好了。『解除陷阱』之類的下次再說吧，城鎮這麼熱鬧的地方並不會有陷阱這種東西。那……達克妮絲，妳轉過去那邊一下好不好？」

「……嗯？……我知道了。」

達克妮絲依照她的吩咐，轉身面對了反方向。

於是，克莉絲鑽進稍遠之處的一個木桶裡，探出上半身。

然後她不知道在想什麼，朝達克妮絲頭上丟了一顆石頭，然後直接躲進木桶裡。

……難不成，這就是潛伏技能了嗎？

「……………」

被石頭砸中的達克妮絲不發一語地快步走向附近唯一的一個木桶。

「感應敵人……感應敵人……我強烈地感覺到達克妮絲正在生氣！吶，達克妮絲？妳應該知道吧，我是為了教他技能才這麼做的，是不得已的喔！請妳手下留情啊啊啊啊啊啊啊啊啊啊啊、住手啊啊啊啊啊啊啊啊啊啊啊！」

連同賴以藏身的木桶一起被推倒、在地上滾動，克莉絲放聲慘叫。

……這、這樣真的學得會技能嗎……

「好、好了，那麼再來就試試看我最推薦的技能，『竊盜』好了。這是能夠搶走目標的一項持有物的技能，任何東西都可以喔。無論是對手緊緊握在手上的武器，還是塞進包包最裡面的錢包都可以，能夠隨機搶走對方的一樣東西。技能的成功機率，則是根據個人參數的幸運值而定。對上強敵的時候可以奪走對方的武器，或是摸走他珍藏的寶物就逃走，是在各種狀況下都很好用的技能。」

連同木桶翻滾了一陣、暈頭轉向的克莉絲恢復正常之後，為我說明了「竊盜」。

的確，竊盜技能聽起來相當管用。

而且，既然成功機率是看幸運值的話，就表示可以活用我唯一的高數值參數了。

「那麼，我要拿你來示範喔！準備好囉！『Steal』！」

在克莉絲向前伸出手、吶喊的同時，一個小東西出現在她的手上。

那是……

「啊！我的錢包！」

是裝著我身上僅有的錢、薄得可憐的錢包。

「喔！中獎啦！總之就是像這樣用。那麼，我就把錢包還……」

克莉絲正準備把錢包還給我時，露出了滿臉奸笑。

「……吶，我們來比賽一下好不好？你現在就學學看『竊盜』。然後，我讓你用『竊盜』從我身上偷一樣東西。即使偷到的是我的錢包或是我的武器，我也不會有怨言。你的錢包這麼輕，我錢包裡的錢或是武器肯定比這裡面的錢還要有價值。無論你搶走什麼東西，都要拿自己的這個錢包和我交換……如何？想不想比啊？」

看來這是個會突然說出不得了的事情的傢伙呢。

不過，我想了一下。

我的幸運值好像很高……

可以從對方身上搶走某樣東西……

也就是說，技能失敗也不至於什麼都拿不到。

……就試試看吧。

該怎麼說呢，這種類似賭博的事情，著實很像魯莽的冒險者之間交流的風格，一直讓我很嚮往！

沒錯，來到這個世界之後，終於讓我碰上比較像冒險者的事了！

我確認了自己的冒險者卡，看見上面多了一個新的欄位，寫著可學習技能。

我用手指按了一下，便顯示出四個技能。

「感應敵人」一點、「潛伏」一點、「竊盜」一點、「花鳥風月」五點。

……「花鳥風月」？這是阿克婭用的那招，把種子彈進水杯裡的宴會才藝嗎？

不過是個宴會才藝，技能名稱也太裝模作樣了吧！咦？只有這招特別吃點數啊！

宴會才藝固然令人好奇，不過我還是先從卡片上的技能當中學會「竊盜」、「感應敵人」以及「潛伏」。

原本有三點的技能點數都用掉了，剩餘技能點數變成零。

原來如此，技能就是像這樣學的啊。

「我已經學會囉。然後，我決定接受妳的挑戰！無論我偷到什麼妳都不許哭喔！」

說著，我伸出右手，而克莉絲則對我露出毫不畏懼的笑容。

「你很不錯喔！我最喜歡這種不掃興的人了！好了，你能偷到什麼呢？現在的話，特別獎是錢包。至於大獎，就是這把施了魔法的匕首了！這可是價值不下於四十萬艾莉絲的好東西喔！然後，安慰獎則是我剛才為了丟達克妮絲而多撿的這顆石頭！」

「啊啊！太賊了吧！還有這招喔！」

看見克莉絲拿出來的石頭，我不禁大聲抗議。

我還想說她怎麼那麼有自信，原來是這麼回事啊！

多帶些垃圾道具的話，重要道具遭竊的機率確實會降低，也算是因應竊盜的一種方法。

「這是學費。任何技能都不是萬能。就像這樣，任何技能都有因應之道。學到一課了吧！好了，快試試看吧！」

該死，我確實是學到一課了！

看著開懷大笑的克莉絲，我甚至覺得上當受騙的自己有點愚蠢。

這裡不是日本，而是弱肉強食的異世界。

是天真到會上當受騙的人自己不好。

而且，現在只不過是賭贏的機率變低了而已，又不是肯定會偷到安慰獎。

「好，要妳好看！我從以前就只有運氣最好了！『Steal』！」

在我大喊的同時，我向前伸出的右手確實握住了某樣東西。

她說成功機率是依幸運而定，那麼既然一次就成功了，看來我的運氣真的相當不錯。

我攤開自己拿到的東西，一直盯著看……

「……這是什麼？」

那是一塊白色的布片。

我用雙手拉開那塊布，對著陽光一看……

「呀哈——！中大獎了，而且還是超級大獎啊——！」

「不要——！把、把內褲還給我——！」

克莉絲一邊壓著自己的裙襬，含著淚尖叫了起來。

3

學會技能之後，我回到公會的酒吧，發現裡面熱鬧滾滾。

「阿克婭大人，再一次！我願意付錢，請妳再表演一次『花鳥風月』好嗎！」

「笨蛋，阿克婭小姐喜歡的是食物而不是金錢！對吧？阿克婭小姐！我請妳吃飯，所以請務必再表演一次『花鳥風月』！」

不知為何，一臉困擾的阿克婭身邊圍了一群人。

「所謂的才藝呢，可不是有人請求就可以表演好幾次的東西！曾經有位大人物說過，好笑的笑話只能說一次。因為反應熱烈就表演好幾次同樣的才藝，是三流表演者的作為！而且我也不是表演者，不會因為表演才藝而收取金錢！這是學習才藝者該有的基本心態。再說『花鳥風月』原本也不是要表演給你們看的才藝──啊！你終於回來了和真，都是因為你事情才會變成這樣……我說，那個人是怎麼了？」

一臉厭煩地推開人群的阿克婭，對於眼角噙淚、一臉憂鬱地跟在我身邊的克莉絲產生了興趣。

結果，在我開始說明之前，達克妮絲先開了口：

「嗯。克莉絲只是因為內褲被和真脫掉之後，身上的錢也被他洗劫一空，所以心情有些低落罷了。」

「喂，妳說那是什麼鬼話！慢著，妳給我慢著。妳說的是真的沒錯，但還是給我等一下。」

因為克莉絲說要多少錢她都願意付，哭著求我把內褲還給她，我只不過是告訴她自己的內褲值多少自己決定罷了。

然後我又多加了一句，如果我不滿意克莉絲提出的金額，她的內褲就注定在我家被奉為傳家之寶了。

最後，她哭著交出自己的錢包和我的錢包，所以我答應和她交換，就是這樣。但是照達克妮絲那樣說的話，總覺得聽起來有點語病。

聽了達克妮絲的說詞之後，阿克婭和惠惠有點嚇到，她們的視線也變得讓我有點不太自在，這時克莉絲終於揚起原本沮喪的臉孔說：

「就算在公共場所突然被脫掉內褲，我也不能一直這樣哭哭啼啼下去了！好，達克妮絲。不好意思，我決定去找個有賺頭的地城探索臨時小隊參加了！誰叫我的內褲被拿去當人質又身無分文了嘛！」

「喂，等一下啦。就連阿克婭和惠惠以外的女性冒險者們的眼神也變得冷冰冰的了，拜託真的別說了。」

周遭的女性冒險者好像都聽見了剛才的對話。

見我畏懼於她們的冰冷視線，克莉絲咯咯地笑了幾聲。

「這點程度的反擊還不算過分吧？那麼，我去賺點錢就回來，妳自己隨便找點樂子吧，達克妮絲！那，我去看看有什麼任務囉！」

說著，克莉絲就跑到招募冒險同伴的公布欄那邊去了。

「那個，達克妮絲不去嗎？」

達克妮絲就這麼順其自然地在我們這桌坐了下來，讓我心生疑惑這麼問。

「……嗯。因為我的職業屬於前鋒嘛。打前鋒的職業到處都多到有剩。可是，盜賊雖然在探索地城時是不可或缺的職業，卻不太起眼，所以就職的人很少。需要克莉絲的小隊可是要多少有多少呢。」

原來如此，這麼說來阿克婭也說過大祭司很稀有，所以大家都會搶著要，看來各個職業受到的待遇都各有不同呢。

沒多久，大概是找到臨時小隊了吧，克莉絲和幾名冒險者一起離開了公會。

臨走之前，克莉絲朝我們揮了揮手才出去。

「都已經快傍晚了，克莉絲她們現在還要去探索地城喔？」

「探索地城最好的狀況，是一大早就進去。所以，大家多半都像他們那樣在前一天出發到地城去，在地城前面露營到早上。地城前面甚至有針對那樣的冒險者在做生意的商人呢。所以呢？和真順利學會技能了嗎？」

聽惠惠這麼說，我揚起得意的笑。

「哼哼，妳就看著吧？接招，『Steal』！」

我如此大喊，朝惠惠伸出右手，接著手上便牢牢握住一塊黑布。

沒錯，是內褲。

「……現在是怎樣？等級提升、參數上升之後，你就從冒險者轉職為變態了嗎？那個……我覺得底下涼涼的，請把內褲還給我……」

「奇、奇怪？怎、怎麼會這樣，不應該是這樣啊……這應該是隨機搶走一樣東西的技能才對！」

我連忙將內褲還給惠惠，在周遭的女生們變得越來越冰冷的視線注目之下，突然有人用力拍了一下桌子。

那是踢開了椅子，並站了起來的達克妮絲。

不知為何，她的眼睛閃著燦爛的光芒……

「果然，我的眼光果然沒錯！居然在眾目睽睽之下脫下如此年幼的少女的內褲，簡直就是鬼畜至極……！請你務必……！請你務必讓我加入這個小隊！」

「我不要。」

「嗯嗯……？唔……！」

聽我想也不想就這麼回答，達克妮絲紅著臉，身子抖了一下。

怎麼辦，雖然我也不太清楚，但這個女騎士肯定是很糟糕的那種類型。

這時，阿克婭和惠惠好像是對這樣的達克妮絲產生了興趣……

「吶，和真，這個人是誰？就是你昨天提過的，在我和惠惠去洗澡的時候，來找我們面試的人嗎？」

「等等，這位小姐可是十字騎士耶。應該沒有理由拒絕她吧？」

兩人就這樣看著達克妮絲各自胡言亂語起來了。

這下可慘了……難得我昨天都已經拒絕掉了。

我一點也不想讓她們兩個和達克妮絲見面啊……

……好吧，只好用這招了。

「……達克妮絲，其實別看我們這樣，我們可是很認真想要打倒魔王。」

姑且不論想回天界的阿克婭，當我知道了這個世界的嚴苛現實，發現就連對付蟾蜍也不簡單之後，事實上現在的我已經不太有這種念頭了。

一旁的惠惠一臉表現出從沒聽說過這件事的驚訝表情，不過先不管她了。

不、等等，這或許是個好機會。

「正好，惠惠也聽我說吧。無論如何，我和阿克婭都要打倒魔王。沒錯，我們是為了這個目的才成為冒險者。因此，我們的冒險將會變得更加嚴苛。尤其是達克妮絲，身為女騎士的妳，要是被魔王抓到了，肯定是遭遇最不幸的那個。」

「是的，你說得一點也沒錯！從以前到現在，被魔王性騷擾就一直是女騎士的工作！光是這樣就值得去一趟了！」

「咦？……什麼？」

「咦？……怎麼了？我說了什麼奇怪的話嗎？」

強烈表示認同的達克妮絲，害我忍不住驚叫出聲。

……總、總之這個等一下再處理好了。

「惠惠也聽好了。對手是魔王。我和阿克婭是打算找這個世界最強的對象幹架喔，妳實在沒有必要勉強自己留在這樣的隊伍裡……」

話才說到一半。

惠惠一腳踢開了椅子，站了起來。

她掀起斗篷用力一甩，說：

「吾乃惠惠！乃是紅魔族首屈一指的魔法師，也是操縱著爆裂魔法的人！魔王居然撇開吾，自稱最強！吾就以最強魔法將那個傢伙消滅殆盡吧！」

聚集了全公會的眼光，惠惠朗聲做出這種中二病宣言。

這傢伙也沒救了。不要自信滿滿地擺出那種踐臉好嗎！

怎麼辦，兩個沒救的傢伙反而鬥志更高昂了……

「……吶，和真、和真……」

正當我渾身無力、垂頭喪氣的時候，阿克婭拉了拉我的袖子。

「剛才聽和真那樣講，我有點退縮了耶。不知道還有沒有更輕鬆的辦法，可以討伐魔王喔？」

……妳才是最該拿出幹勁來的吧，應該說和這件事最息息相關的是妳才對啊……

……就在這個時候。

『緊急任務！緊急任務！待在鎮上的所有冒險者，請立刻到冒險者公會集合！重複一次，緊急任務！緊急任務！待在鎮上的所有冒險者，請立刻到冒險者公會集合！』

大音量的廣播響徹整個城鎮。

應該是用魔法之類的方式擴大了音量吧。

「喂，緊急任務是什麼？有怪物來襲擊城鎮嗎？」

我顯得有些不安，相對的，達克妮絲和惠惠的表情則是隱約有點開心。

達克妮絲以帶著欣喜的聲音說了：

「……嗯，大概是要採收高麗菜吧。採收的時期也差不多要到了呢。」

………

「啥？高麗菜？是有某種怪物名叫高麗菜嗎？」

我茫然地說出這番感想，惠惠和達克妮絲不知為何用一種看可憐蟲的眼神投向我。

「高麗菜，是一顆綠綠的、圓圓的東西。可以吃的東西。」

「吃起來口感清脆，是一種好吃的蔬菜。」

「這種事情我也知道！那不然是怎樣？這個公會的人煞有其事地說有什麼緊急任務，只是要冒險者幫農家的忙嗎？」

不久之前還在做土木工程的我說這種話好像有點奇怪，但我可不是來這裡務農的。

「啊啊……和真大概不知道吧？我告訴你，這個世界的高麗菜啊………」

阿克婭一副很對不起我的樣子，正打算對我說些什麼時，公會的職員打斷了她，並開始對在建築物內的冒險者大聲說明。

「很抱歉突然把各位叫過來！我想應該有人已經知道了，就是高麗菜沒錯！高麗菜的採收期今年也到來了！今年的高麗菜長得很好，收穫一顆可以得到一萬艾莉絲！我們已經請鎮上的居民都回家避難了。那麼，請各位盡可能多抓一些高麗菜，繳回這裡來！請各位務必注意自身的安全，不要遭到高麗菜反擊而受傷！另外，由於人數眾多、金額龐大，報酬將在日後統一發給各位！」

……這個職員，剛才說了什麼？

這時，冒險者公會外面響起了歡呼聲。

我不知道發生了什麼事，於是跑出去並擠進人群中看了一下狀況，只見綠色的物體悠然自得地在鎮上到處飛行。

正當我呆立在這邊，茫然地看著這幅莫名其妙的光景時，阿克婭不知何時已經來到我身邊，鄭重其事地說：

「這個世界的高麗菜會飛。據說，一旦味道開始濃縮、進入採收的時期，它們因為不甘輕易被吃掉，就會奔馳過城鎮與草原，橫越大陸、遠渡重洋，最後在不為人知的秘境內地悄悄斷氣，不被任何東西吃掉。既然如此，我們就該盡可能多抓住幾顆高麗菜，趁美味的時候把它們吃下肚。」

「我可以回馬廄睡覺了嗎？」

在我茫然地低語時，勇敢的冒險者們已經振作起氣勢衝了出去。

他們想必也是一群受到拚命活在當下的高麗菜們所感化的熱血男子漢吧。

看著冒險者們拚了命追逐高麗菜，我誠心祈禱。

……我到底是造了什麼孽才必須在這裡和高麗菜展開死鬥啊。

……好想回日本去。

4

我坐在公會裡，吃了一口這裡提供的炒高麗菜。

「為何區區的炒高麗菜會這麼好吃啊。我實在搞不懂，真的搞不懂。」

高麗菜獵捕任務平安結束之後，整個城鎮到處都端出了高麗菜作成的料理。

因為很好賺，到頭來我還是參加了獵捕高麗菜的任務，但總覺得有點後悔。

我來到異世界可不是為了和高麗菜戰鬥啊。

「話說回來，妳很行耶，達克妮絲！不愧是十字騎士！就連那些高麗菜試盡各種方式，也攻破不了妳的鐵壁防守。」

「不，我沒什麼了不起，只是很堅硬而已。我手腳笨拙，動作又不快，所以揮劍也不太能夠砍到目標，唯一的長處只有當擋箭牌保護他人……說到攻擊，還是惠惠厲害。面對追著高麗菜來到鎮上的成群怪物，只靠一記爆裂魔法就炸光牠們了。其他冒險者們臉上都寫滿了驚訝的表情呢。」

「呵呵，在吾的必殺爆裂魔法之前，任何人都無法抵擋其威力……但先別說我了，和真才是最活躍的一個吧。他很快就回收了耗盡魔力的我，揹著我回來。」

「……嗯，在我被高麗菜和怪物包夾，遭到圍毆的時候，也是和真瀟灑地現身，捕獲了那些襲擊我的高麗菜。謝謝你救了我。」

「的確，憑潛伏技能消除氣息，靠感應敵人迅速掌握高麗菜的動向，更以竊盜從背後偷襲，那副模樣簡直就像一個出色的刺客。」

終於，阿克婭吃完了她的高麗菜，隨手將盤子放到桌上。

在這次的獵捕高麗菜任務當中唯一一個隨著興之所至追趕高麗菜，卻完全沒有表現的沒用女神，優雅地擦了擦嘴角說：

「和真……以我的名義，將賜予你【華麗的高麗菜小偷】這個稱號。」

「吵死了！妳敢用這個稱號叫我，我就搧妳耳光喔！啊啊……真是夠了，為什麼事情會

變成這樣啊！」

我抱著頭趴在桌子上。

大事不妙了。

「那麼……我是達克妮絲，職業是十字騎士。原則上使用的武器是雙手劍，不過請別期待我的戰力，畢竟我的手腳相當笨拙，攻擊幾乎打不到。不過，要當人肉壁壘我倒是相當擅長，請多指教。」

沒錯，我們正式多了一個同伴。

阿克婭露出氣定神閒的笑容，看起來似乎很滿意。

「……哼哼，我們的小隊成員真是越來越豪華了呢。有我這個大祭司，還有大法師惠惠。然後，現在又多了一個專司防禦的上級前鋒職業，十字騎士達克妮絲。四個人當中有三個是上級職業的小隊可不常見喔，和真！你知道自己有多麼幸運嗎？要好好感謝我們喔。」

不過是一天只能用一次魔法的魔法師，加上攻擊打不到人的前鋒，還有一個笨到極點、運氣又差、到現在還沒派上用場的祭司就是了！

在進行高麗菜獵捕任務的過程中，達克妮絲和阿克婭、惠惠她們兩個臭氣相投了起來，所以她們說要讓達克妮絲加入小隊。

如果是正常人的話，我也沒有理由拒絕啊。

而且又是個美女。

但是這位達克妮絲的攻擊，可以說是完全打不到目標。

雖然是個相當標緻的美女。

聽說，她把技能點數全用在學習防禦系的技能上面了，所以一般的前鋒職業通常都會學習的技能，像是「雙手劍」之類、能夠讓自己更擅長使用武器的攻擊技能，她完全沒學過。

外表明明是個冰山美人，真是太可惜了。

而且這位十字騎士，不知為何特別喜歡往成群的怪物當中衝進去。

身為守護弱者的的十字騎士，想要保護別人的心情比一般人強上一倍，或許也是件好事沒錯啦…………

「嗯嗚……啊啊，剛才被高麗菜和成群的怪物圍起來蹂躪的感覺真是讓人受不了啊……這個小隊裡正式的前鋒職業好像只有我一個，所以別客氣，儘管把我當成誘餌或是擋箭牌吧。必要的話，在你們認為有危險的時候，把我當成棄子給割捨掉也沒關係……嗯嗯！光、光是想像，就、就讓我興奮得發抖……！」

達克妮絲的臉頰微微泛紅，輕輕顫抖著。

……這個傢伙，就是那個啦。

就是個超受虐狂。

看起來明明是個冰山美人，但是在我的眼中已經怎麼看都只是個變態罷了。

「那麼，和真。我大概……不，我想我肯定會拖累你，到時候請不要客氣，用力地責罵我吧。今後也請多多指教了。」

能夠使用各種恢復魔法的大祭司，和能夠使用最強魔法的大法師。

然後，再加上一個以銅牆鐵壁般的防禦力為傲的十字騎士。

光是這樣聽起來似乎是非常完美的陣容，但怎麼想都覺得我以後會相當辛苦。

5

我的冒險者等級變成六了。

這等於我在高麗菜獵捕任務當中升了兩等。

我只是抓住高麗菜而已，又不是打倒它們，為什麼會升等啊？

而且話又說回來了，為什麼高麗菜會有這麼多經驗值呢？

可以吐嘈的地方有一大堆，可是真要認真去想的話頭應該會很痛，所以就略過吧。

在這個世界，在意太多事情的話就輸了。

一顆高麗菜的報酬是一萬艾莉絲。之所以為了區區的高麗菜付出這麼高的報酬，好像是因為吃了新鮮的高麗菜可以得到經驗值。

也就是說，有錢的冒險者只要吃菜就可以變強了。

隨著等級的提升，技能點數也變多了。

至於為什麼等級提升就會發生這種類似角色扮演遊戲的現象之類，要是深究這種小事八成會睡不著，所以我決定不去在意。

不管幾次我都要說，在意這種事情就輸了。

現在的技能點數有兩點。

我找了在獵捕高麗菜任務當中認識的其他小隊的魔法師和劍士，請他們教我「單手劍」技能和「初級魔法」技能。

學習兩個技能各自花了一點。

單手劍技能，顧名思義就是使用單手劍可以更拿手。

這樣一來，我的劍術就有一般人等級了。

雖然點數又用完了，不過想學習劍術自然是不在話下，魔法更是我一直都想學的技能。

既然來到能夠使用魔法的世界，應該不會有人不想用魔法吧。

有了初級魔法技能之後，我好像就能夠使用火、水、土、風等各種屬性的，比較簡單的魔法了。

順道一提，初級屬性魔法當中完全不存在具備殺傷力的魔法，所以一般來說並不會學初級魔法，大部分的魔法師都是先存點數，然後直接學習中級魔法。

但要學習中級魔法得花上十點。

既然要花那麼多點數的話，反正我的魔力也不是很高，或許還是放棄學習攻擊魔法比較好也說不定。

據說有些人天生就擁有技能點數，其中的差異端看才能的有無。

一開始就能夠選擇上級職業的優秀人才，一開始的技能點數就不只十幾二十點的情況似乎也不少。

姑且先不論阿克婭，惠惠和達克妮絲大概也是一開始的待遇就相當不錯的人吧。

反觀我這邊，等級一的時候一開始擁有的技能點數是零點。

……越想只會越沮喪，還是別想太多好了。

現在學會了技能，也變得越來越有冒險者風範。

這樣一來，剩下的就是弄點像樣的裝備了。

我現在偶爾會換穿在這個世界購買的衣服，但目前的裝備依然只有一開始就穿在身上的運動服和一把短劍。

即使是皮製的也好，我想要一件鎧甲。

因此。

「……所以，為什麼連我都得陪你來買裝備啊。」

我帶著滿嘴牢騷的阿克婭來到武器防具店。

「不，妳好歹也該準備一些裝備吧。我身上只有運動服，不過妳也差不了多少吧？妳的裝備就只有那件輕飄飄的羽衣而已不是嗎？」

阿克婭的打扮依然和跟我一起來到這個世界的時候一樣。

帶著像是配合阿克婭的水藍色頭髮和水藍色眼睛的淡紫色，輕飄飄的薄透羽衣。她身上穿的裝備就只有這樣。

每天，在換成睡衣之後，她都用旅店的水桶裝清水洗滌她的羽衣，我也曾經在曬稻草的地方看過她把羽衣和準備給馬吃的稻草晾在一起。

阿克婭一臉傻眼地說了：

「你別傻了好嗎──我看你大概是忘了吧，我可是女神耶！這件羽衣當然也是神具啊。這能夠抵禦各種狀態異常，具備強大的耐久力，還施加了各式各樣的魔法在上面，可是稀世珍寶喔！這個世界當中根本就不存在比這個更好的裝備好嗎！」

那還真想叫她不要把這種神具和馬要吃的草晾在一起。

「這倒是個好消息。等到我們的生活真的過不下去的時候，就拿妳那個神具來變賣好了……喔，這個護胸好像不錯呢，雖然是皮製的。」

「……和、和真，你是開玩笑的對吧？這件羽衣算是我身為女神的證據耶！你、你不會真的賣掉吧？吶？我、我可是不會賣的喔！」

6

「……喔喔，差點認不出是你呢。」

「喔喔──和真看起來終於像個真正的冒險者了。」

來到幾乎已經變成固定聚會處的冒險者公會，達克妮絲和惠惠看著我的裝扮，表達自己的感想。

之前看起來不像冒險者的話，難不成只像個可疑分子嗎……真想問個清楚。

我現在身上穿著這個世界的服裝，外面套上皮製的護胸和金屬製的腕甲，還裝備著同樣是金屬製的護腿。

阿克婭之前對我抱怨過，說我穿著運動服走來走去很破壞這個世界的奇幻風格，所以我前幾天買了幾套衣服來穿。

聽人家說，為了使用魔法系的技能，空著一隻手比較方便。

所以，雖然只是初級的，但既然都學會魔法了，我想就不拿盾牌，只帶一把單刃的劍，以類似魔法劍士的風格戰鬥。

在和克莉絲的竊盜技能比賽當中贏到的錢少了一大半，不過剩下的錢還足夠過上一兩個星期。

話雖如此，既然都準備好裝備、學習到技能了，當然還是想要出個任務看看。

我對大家這麼說，達克妮絲便點頭贊成。

「巨型蟾蜍進入繁殖期，開始在城鎮附近出沒了，不如就……」

「「不要再蟾蜍了！」」

達克妮絲說到一半，就被阿克婭和惠惠斷然拒絕。

「……為什麼？蟾蜍很怕刀劍、很容易打倒，攻擊方式也只有伸出舌頭捕食而已。打倒的蟾蜍也可以當作食用肉品賣出去，很容易賺錢。聽說裝備太單薄的話有時候是會被牠們吃掉，但是以和真現在的裝備來說，因為蟾蜍討厭金屬，應該不會攻擊他才對。阿克婭和惠惠就由我好好保護。」

「呃……她們兩個曾經差點被蟾蜍吃掉，所以有點心理障礙。畢竟她們從頭被一口吃了進去，弄得渾身都是黏液，會這樣也沒辦法，還是找別的任務吧。」

不知為何，達克妮絲聽了我的說明之後，臉頰微微泛紅。

「……從、從頭被一口吃掉……渾身都是黏液……」

「……妳該不會是興奮起來了吧。」

「才沒有。」

達克妮絲立刻別開視線，紅著臉忸忸怩怩地回答，但我開始極度不安了起來。

這個傢伙應該不會在我們沒注意到她的時候，就一個人跑去獵蟾蜍吧。

「不算獵捕高麗菜的緊急任務的話，這是我們這群成員第一次出任務。挑個可以輕鬆解決的對象應該比較好吧。」

聽了我的意見，惠惠和達克妮絲便跑去公布欄找適合的任務。

然後，阿克婭聽了則像是有點瞧不起我似的說：

「內向的繭居尼特真的是喔……只有和真一個人是最弱的職業，所以我能夠理解你會比較謹慎，可是包括我在內，其他人全都是上級職業喔！應該接一堆更高難度的任務，賺進大量金錢，瘋狂升等，然後輕鬆解決掉魔王！所以囉，我們去接難度最高的任務吧！」

…………

「……雖然我不是很想這麼說……不過，妳到目前為止還沒有派上任何用場喔。」

「！」

聽我這麼說，阿克婭嚇了一跳。

我不予理會，繼續說了下去：

「照理來說，妳應該給我強大的能力或是裝備，讓我不需要為了在這裡的生活煩惱才對。我知道，神明是免費給我這種優惠，我也不想這樣抱怨。而且雖然是因為當場一時氣不過，但終究不要能力而選擇了妳的是我自己沒錯！可是，妳跟著我來應該是要取代那些能力或裝備的，但是我問妳，到目前為止，妳所發揮的作用比得上那些特殊能力或是強大的裝備嗎？怎樣啊？妳這個一開始還一副多了不起、自信滿滿的樣子，卻一點也派不上用場的自稱前任女什麼的。」

「嗚嗚……不、不是前任啦，那個……原、原則上我現在也還是女神……」

見阿克婭變得有點消沉還是回嘴，我又更大聲了。

「女神咧！女神該做的事情是什麼？引導勇者、和魔王之類的戰鬥，並在勇者能夠獨當一面之前將魔王封印起來爭取時間！但是在這次的高麗菜獵捕任務當中，妳做了些什麼？最後好像是捕到一大堆沒錯，但是基本上都是被高麗菜弄得暈頭轉向，倒在地上哭鬧不是嗎？連蔬菜都可以弄哭妳，妳這個傢伙真的是女神嗎？這樣真的有資格稱自己為女神嗎？妳這個除了被蟾蜍吃進肚子裡以外一無是處，只有宴會才藝一項長才的飯桶！」

「哇、哇啊啊啊啊————！」

看見阿克婭趴在桌子上嚎啕大哭，對於她剛才瞧不起我這件事所做出的反擊便就此完成，讓我有點滿足。

但是，阿克婭似乎不打算就這樣結束。

她猛然抬起頭，自以為是地嗆了回來。

「我、我好歹也有派上用場吧，像是恢復魔法和恢復魔法還有恢復魔法之類的！什麼嘛，你這個繭居尼特！再這樣東摸西摸地混下去，你知道得花上多少時間才能討伐魔王嗎？有什麼想法的話你倒是說說看啊！」

抬起頭的阿克婭，淚眼汪汪地由下往上瞪著我。

對於這樣的阿克婭，我冷哼了一聲。

「我可是完全沒去上高中的課，一直努力修練的職業玩家耶，妳以為我對於這種狀況會完全沒有想法嗎？」

「你是職業玩家喔？」

「……只是這樣說比較好聽啦。聽好了，阿克婭。我沒有故事裡面的主角那種天賦異稟的力量。但是，我有在日本培養出來的知識。所以，我想來賣些自己也能夠輕易製作出來，而且這個世界沒有的日本產品。妳想想，我的幸運值很高，連櫃檯小姐也建議我做生意不是嗎？所以，我覺得還是不要勉強自己只靠冒險者的工作過活，而是該多想一些其他的手段才對。只要有了錢，賺經驗值也可以比較輕鬆對吧？而且又有像高麗菜那種光是吃下肚就可以變強的食材。」

當然，其他日本人也擁有相同的知識，但是那些人和我不一樣，都確實擁有神所賜予的特殊能力。

那些人才不會像我這樣，還想到做生意什麼的這種麻煩的事情，而是忠於基本面，靠出任務過活吧。

總之我想說的是，我越來越覺得冒險者對我而言太難賺錢了。

目前我出過的任務只有獵蟾蜍和獵高麗菜，不過光是看其他的任務內容，也覺得報酬便宜到不划算。

我覺得生命的價值在這個世界好像太低廉了。

在阿克婭面前我固然是提了魔王，但老實說，以我個人而言已經不考慮討伐魔王了。

所以，我才會開始摸索在這個世界最能夠輕鬆維生的方法是什麼。

「總之就是這樣，妳也給我想想吧！想個什麼可以輕鬆賺錢的生意出來！還有，趕快教我妳最後的長處恢復魔法！再多存點技能點數之後，我也想學點恢復魔法！」

「不要——！唯有恢復魔法我不要教你！不要啦——！不要搶走我的存在意義好嗎！反正有我在你不學也沒有關係吧！不要！不要！我不要啦————！」

說完，阿克婭又趴回桌子上，開始哭喊著不要搶走她唯一的存在意義。

這時，惠惠和達克妮絲回到我們這邊來了。

「……你們在幹嘛？……和真的那張嘴其實攻擊力還頗強的，要是你毫不留情地把心裡的話全部說出來，大部分的女生都會哭喔！」

「嗯。如果是累積了太多壓力的話……我可以代替阿克婭承受你的所有汙言穢語，儘管罵我沒關係……身為十字騎士，代替別人受苦可以說是夙願。」

兩人的視線指向趴在桌子上一直哭的阿克婭。

大概是知道自己受到大家的注視吧，阿克婭哭著哭著，還不時從兩隻手中間的隙縫偷看我，讓我有點不爽。

「不用在意這個傢伙了啦。不過……」

我瞄了一下達克妮絲。

「……達克妮絲小姐，妳穿著鎧甲的時候看起來比較瘦呢……」

達克妮絲今天穿的是黑色的窄裙和黑色的背心，配上皮靴。

穿成這樣，背上背著大劍的她，與其說是騎士，看起來還比較像劍士。

在之前的高麗菜獵捕任務當中，她被怪物圍毆的時候，身上的鎧甲有了損傷，現在送修去了。

面對穿得比較少的達克妮絲，我的態度不禁變得客氣了起來。

達克妮絲的身體該凹的地方凹，然而整體看來卻很肉感。

簡單的說就是體型相當性感。

而且站在她身邊的又是惠惠，兩相比較之下更凸顯出她的體格和體型。

害我忍不住開始覺得，既然臉蛋那麼漂亮、身材又那麼好，即使個性有點缺陷也可以睜一隻眼閉一隻眼……

「……嗯？你剛才的意思是說『那是什麼擺明在勾引男人的身材妳這隻母豬！』嗎？」

「並不是。」

我也瞄了一下阿克婭和惠惠……

……我再次確認了，無論臉長得再怎麼漂亮，還是個性最重要。

這時，惠惠說：

「喂，快說你剛才瞄我那一眼是什麼意思，我洗耳恭聽。」

「並沒有什麼意思。只是覺得幸好我沒有蘿莉控屬性而已。」

「紅魔族的民族性就是任何人找架吵都樂意奉陪。很好，咱們到外面去解決吧。」

惠惠用力拉著我的運動服的袖子，試圖把我帶到外面去。

「回到正題上來，既然要接任務的話，要不要選個可以讓阿克婭練等的任務？」

但這時，達克妮絲如此表示。

「什麼意思？有那麼剛好的任務嗎？」

應該說，以阿克婭來說，她需要的技能幾乎都靠一開始的點數學完了，感覺應該沒什麼必要練她的等級才對。

「一般來說，祭司很難練等。畢竟祭司沒有攻擊魔法。他們不會像戰士那樣上前殺敵，也無法像魔法師那樣以強大的魔法殲滅敵人。所以，祭司們最喜歡獵殺的就是不死族了。不死族是一種違反神之常理的怪物。神的力量在牠們身上全都會產生相反的作用。對牠們使用恢復魔法，牠們的身體就會崩解。」

啊，我好像聽說過這回事。

在很多遊戲當中這已經算是常識了。

恢復魔法對不死者會產生攻擊魔法的作用。

不過，就算鍛鍊了這個沒用的女神也成不了什麼事吧……

……這時，我靈機一動。

在等級提升的時候，我的各項能力也都變高了。

那，阿克婭呢？

這個趴在桌子上裝哭，不時還偷瞄我想要我理她的笨蛋，如果在升等之後智力也會跟著變高的話，確實是最能夠提升戰力的方式。

「嗯，好像不錯。問題是達克妮絲的鎧甲還沒回來……」

這時，達克妮絲雙手抱胸，光明正大地坦言。

「嗯，我不成問題。我點滿的防禦技能可不是擺在那邊好看用的。即使沒有鎧甲，我也敢說自己比亞達曼礦石還要硬。而且，挨打的時候沒有鎧甲也比較爽。」

「……妳剛才說自己挨打會爽對吧。」

「……我沒說。」

「明明就說了。」

「我沒說……剩下的問題，就是阿克婭本人有沒有那個意願了……」

達克妮絲看向依然低著頭趴在桌子上的阿克婭。

「喂，妳還要哭哭啼啼到什麼時候，參與一下對話好嗎，我們現在在講妳的等級……」

我朝阿克婭伸出手，拍了拍她的肩膀…………

……但還沒拍到，我就發現。

「……呼嚕…………」

阿克婭哭累了，已經睡著了。

這個女神是三歲小孩嗎？

7

遠離城鎮的一座山丘。

山丘上有個埋葬沒有錢的人和孤苦無依的人用的公共墓地。

這個世界的埋葬方式是土葬。

就是直接埋進土裡而已。

我們這次接的任務，是討伐從公共墓園裡冒出來的不死怪物。

時間將近傍晚。

我們現在在墓園附近搭起了帳篷，等待夜晚到來。

「慢著，和真，那塊肉是我先看上的！來，這邊的蔬菜已經烤好了，吃這邊啦你！」

「在獵捕高麗菜之後，我變得不太愛吃蔬菜了，因為很擔心蔬菜會不會烤一烤就跳起來飛到哪裡去。」

我們在距離墓園稍遠的地方架了一塊鐵板，一邊烤肉一邊等天色變黑。

明明是討伐怪物的任務卻能夠這麼悠閒，是因為這次的討伐對象只是名叫殭屍製造者的小角色。

那是一種操縱殭屍的惡靈，自己會附身在比較優質的屍體上，操縱幾隻殭屍當作手下。

據說那是新手冒險者的小隊也能打倒的怪物，所以我們才接了這個任務。

這樣即使達克妮絲沒有鎧甲，對她而言應該也不算太危險吧。

吃飽了之後，我將咖啡粉倒進馬克杯裡，用一招名為「Create Water」的魔法加了水，然後再用一招名為「Tinder」的火焰魔法在馬克杯底下加熱。

這些是我在獵捕高麗菜時認識的魔法師教我的初級魔法。

「Tinder」顧名思義就是點火用的魔法，說穿了其實並沒有殺傷能力。

不過對我而言是可以代替打火機的重要招數。

看著這樣的我，惠惠帶著一臉複雜的表情，遞出自己的杯子。

「……不好意思，也請給我一點水吧。應該說，總覺得和真對於魔法的應用比我還高明呢。初級魔法幾乎沒有任何人在用，可是看和真這樣用好像很方便的樣子。」

我對惠惠的杯子詠唱了「Create Water」。

「還好吧，所謂的初級魔法，不是本來就拿來這樣用的嗎？啊，對了對了。『Create Earth』！……吶，這是用在哪方面的魔法啊？」

我讓惠惠看了出現在我掌心的粉狀乾土。

初級魔法當中有各種屬性的魔法，其中就只有這招土屬性的魔法我不知道該怎麼運用。

「這個嘛……用這個魔法創造出來的土，用在田地裡的話可以種出優良的作物……就只有這樣而已。」

聽了惠惠的說明，阿克婭忍不住在我身邊噴笑。

「什麼什麼，和真先生要開墾田地啊！要轉職成農家了嗎！反正你可以創造土壤也可以用『Create Water』灑水啊！這簡直是你的天職嘛和真先生，討厭啦——！噗哧哧！」

我將托著乾土的右手手掌對準阿克婭，然後舉起左手。

「『Wind Breath』！」

「噗啊啊啊啊！呀——！我、我的眼睛啊啊啊！」

強陣風將乾土吹向阿克婭的臉部，眼睛進了塵土的女神便在地上到處打滾。

「……原來如此，是這樣用的魔法啊。」

「不對啦！並不是這樣，一般人不會拿來這樣用好嗎！話說，你為什麼可以把初級魔法運用得比魔法師還要靈活啊！」

8

「……變冷了呢。吶，和真，我們接的任務是討伐殭屍製造者對吧？我有種預感，感覺會出現的不是那種小咖，而是更大咖的不死者耶。」

月亮已經升起，時刻也過了深夜。

阿克婭忽然冒出這麼一句話。

「……喂，別說這種話好嗎，要是你這烏鴉嘴成真該怎麼辦啊。今天的任務是討伐一隻殭屍製造者，然後讓跟在牠身邊的殭屍也回歸塵土，然後我們就馬上回馬廄睡覺。發生計畫之外的異常事件就立刻回去。懂嗎？」

聽我這麼說，小隊成員都用力點頭。

時間也差不多了。

我們走向墓園，從克莉絲那邊學到感應敵人技能的我走在最前面。

阿克婭剛才說的那句話讓我有點掛心，不過這個女神平常就老是說些不中聽的話，應該不需要太擔心才對。

……應該吧。

………………嗯？

「這是什麼，有種強烈的感覺。應該是感應敵人見效了吧。有敵人喔，一隻、兩隻……三隻、四隻……？」

……奇怪，太多了吧？

我聽說跟在殭屍製造者身邊的殭屍頂多只有兩三隻而已啊。

不過這種程度的話，也還能算在誤差的範圍內……

正當我這麼想時，墓園中央冒出一陣藍白色的光芒。

……怎麼回事？

那陣藍色的光看起來詭譎又夢幻。

從遠處就可以看見的那陣藍光，是個巨大的圓形魔法陣。

那個魔法陣旁邊，有個身穿黑色長袍的人影。

「……咦？我覺得……那好像……不是……殭屍製造者耶……」

惠惠不太有自信地這麼說。

那個黑袍人影身邊，有幾個不住飄動的人影。

「要衝嗎？那即使不是殭屍製造者，在這種時間會待在墓園的大概也是不死者沒錯。既然如此，有阿克婭這個大祭司在就不會有問題。」

達克妮絲抱著大劍，一副按捺不住的樣子。

妳給我冷靜一點。

就在此時，阿克婭做出非常誇張的舉動。

「啊——————！」

突然大叫的阿克婭不知道在想什麼，站了起來，直接往身穿長袍的人影跑了過去。

「等！喂、妳等一下！」

衝出去的阿克婭完全不聽我的制止，跑到身穿長袍的人影旁，伸出手用力指著對方。

「大膽巫妖，居然出現在這種地方，太狂妄了！看我怎麼收拾妳！」

巫妖。

和主流不死怪物吸血鬼並稱，是不死族的最上級。

將魔法修練至爐火純青的大魔法師，藉由魔道之奧義捨棄了人類的身體，成為人稱無生之王的不死者之王。

和那些因為強烈的遺憾和怨恨而自然變成不死者的怪物不同，是憑著自己的意志扭轉了自然的定理，而成了敵對於神的存在。

這種有如最終頭目般的超級大咖怪物……

「住、住手住手、快點住手————！妳是誰啊？突然冒出來也就算了，為什麼要破壞我的魔法陣？快住手！請妳住手好嗎！」

「吵死了，閉嘴啦妳這個不死者！反正妳一定是想利用這個可疑的魔法陣幹些什麼不好的勾當吧，這什麼魔法陣啊，我踩！我踩！」

超級大咖怪物哭著抱住阿克婭的腰，阻止正在魔法陣上一陣亂踏亂踩的她。

那個巫妖（？）身旁的不死者跟班們也沒有阻止扭在一起的兩人，只是呆呆地望著她們。

……呃——這下該怎麼辦呢。

總之，對方好像不是殭屍製造者。

阿克婭宣稱現在被她纏住的對象是巫妖，但我怎麼看，那個巫妖都是個被小混混藉故找碴的可憐蟲。

「住手——！住手啊——！這個魔法陣的作用，是讓尚未成佛、至今仍在現世徘徊的靈魂回歸天國！妳看，有這麼多靈魂都從魔法陣飄上天去了不是嗎？」

正如那個巫妖所說，許多不知道從哪冒出來、看起來像鬼火的藍白物體輕飄飄地飄進魔法陣，然後就順著魔法陣的藍色光芒直接被吸上了天。

「明明就是個巫妖還跩什麼！這種善行，我這個大祭司自然會做，妳閃到一邊去啦！像妳這樣慢吞吞地要弄到什麼時候，看我一口氣將妳連同這整個公共墓園一起淨化！」

「咦咦？等等、住手！」

聽阿克婭如此宣言，巫妖驚慌失措了起來。

但阿克婭不予理會，張開雙手大喊。

「『Turn Undead』——！」

以阿克婭為中心，一陣白光籠罩住整個墓園。

那陣光像是從阿克婭身上湧現而出似的，一碰到跟在巫妖身邊那些殭屍，那些殭屍便像是煙消雲散一般消失得無影無蹤。

聚集到巫妖張設的魔法陣之上的那些魂魄也一樣，在阿克婭發出的光芒當中消失了。

那陣光芒當然也波及了巫妖……

「呀——！身、身體正在消失？快住手快住手，我的身體會不見！我會成佛啦！」

「哈哈哈哈哈哈哈，愚蠢的巫妖啊！違反自然定理的存在，違背神之旨意的不死者啊！消失吧，在我的力量之下消失殆盡吧！」

「喂，住手啦妳。」

站到阿克婭身後的我，拿著劍柄在她的後腦杓上敲了一下。

「……！好、好痛，會痛啦！你幹嘛突然打我啊！」

大概是因為後腦杓被打了一下讓她的專注力中斷了吧，她不再發出那種白光，只是摀著頭並淚眼汪汪地對我怒罵。

這時，達克妮絲和惠惠也到了，我無視了被我揪住的阿克婭，對那個蹲下來縮成一團發著抖的巫妖說：

「喂、喂，妳還好吧？那個……叫妳巫妖就可以了嗎？」

仔細一看，巫妖的腳掌已經變成半透明的，有點快要消失的跡象。

慢慢的，變成半透明的腳總算恢復到能夠清楚目視的程度，淚眼汪汪的巫妖搖搖晃晃地站了起來。

「還、還、還、還好……謝、謝謝您在危急之際救了我……！那個，您說的沒錯，我是巫妖，名叫維茲。」

說完，她把拉得很低的風帽揭了開來。出現在月光底下的，是個怎麼看都是二十歲前後的人類，是有著一頭棕髮的美女。

說是巫妖，我原本還以為會是像骷髏之類的臉孔呢。

維茲身上穿著黑色的長袍，造型看起來彷彿是個邪惡的魔法師。

不，既然是巫妖，那就確實是邪惡的魔法師沒錯吧？

「呃……維茲？妳在這種墓園裡做什麼？妳剛才說什麼要讓靈魂回歸天國，不過，我也不是要贊同阿克婭的論調，但這種事情應該不是身為巫妖的妳該做的吧？」

「你在幹嘛啊和真！跟這種和爛橘子沒兩樣的東西說話，小心連你也被傳染不死喔！讓我對那個傢伙施展『Turn Undead』啦！」

聽我這麼說，阿克婭激動了起來，打算對維茲施展魔法。

維茲躲到我背後，露出一臉害怕又傷腦筋的表情說：

「因、因為……誠如您所見，我是巫妖，是所謂的無生之王。因為身為不死者之王，我能夠聽見在現世徘徊的靈魂說話的聲音。這個公共墓地的靈魂很多都因為沒有錢，就連像樣的喪禮都沒人幫忙辦，所以無法回歸天國，每天晚上都在墓園遊蕩。而我的身分好歹也是不死者之王，所以會定期來到這裡，送那些想回歸天國的孩子們一程。」

……我鼻頭都酸了。

真是個好人。

除了店裡的店員之外，她大概是我來到這個世界之後第一個遇到的正常人吧。

啊，雖然她不是人類就是了。

「我認為這樣做確實是很了不起，也是好事一件沒錯，可是……雖然我不是阿克婭，但這種事情交給這個城鎮的祭司去做不就好了嗎？」

對於我的疑問，維茲一副不太好意思開口似地，瞄著一臉不高興的阿克婭，並說：

「因、因為……這個城鎮的祭司們，都很拜金主義……呃、不是，應該說是……對於沒錢的人會延後處理……之類的……」

大概是因為有阿克婭這個大祭司在，所以難以啟齒吧。

「也就是說，這個城鎮的祭司們幾乎都是些賺錢至上的傢伙，像這種埋葬了一堆窮人的公共墓地，別說祭禱，他們連靠近都不想靠近是吧？」

「這……這個嘛，就、就是這樣……」

在場的所有人默默地將視線集中到阿克婭身上，當事人則是有點心虛地不和任何人對上眼。

「既然如此，那也沒辦法。不過，妳能不能不要喚醒殭屍啊？我們之所以來到這裡，是因為接了討伐殭屍製造者的任務。」

聽我這麼說，維茲一臉很傷腦筋的樣子。

「啊……原來是這樣啊……可是，我並沒有喚醒他們，而是只要我一來到這裡，形狀尚稱完整的屍體就會對我的魔力產生反應自動甦醒……那個，以我的立場來說，只要埋葬在這個墓園的人們都可以不再徘徊、回歸天國的話，我也沒有理由再來這裡了……所以…………這樣該怎麼解決呢？」

9

離開墓園返回城鎮的路上。

「我無法接受！」

阿克婭還在生氣。

時刻已經來到天空泛出魚肚白的時段了。

「那也沒辦法啊。應該說，她人那麼好，妳也不忍心討伐她吧。」

我們決定放過那個巫妖。

同時，我們也達成了共識，之後就由每天都鬧到發慌的阿克婭定期去淨化那個墓園。

幸虧這個傢伙再爛也算是個女神，還知道淨化不死者和徘徊的靈魂是自己的工作。

不過她倒是因為睡眠時間會縮短而鬧了一下彆扭。

對於放過怪物還是有點抗拒心理的惠惠和達克妮絲，在得知維茲時至今日都不曾攻擊過人類之後，也同意放過維茲。

我看著維茲交給我的一張紙條說：

「不過，居然有個巫妖在鎮上過著一般人的生活，這個城鎮的警備工作行不行啊。」

紙條上面寫的，是維茲住的地方的地址。

那個巫妖好像在我們居住的城鎮當中過著一般人的生活。

而且她還說自己經營了一間小小的魔法道具店。

我說巫妖給人的印象應該是住在地城深處才對，她就回我說地城的生活那麼不方便，實在沒有必要特地住進去。

不，巫妖原本也是人類，所以我懂她說的意思。

懂歸懂，但自從來到這個世界之後，原本在我心目中的異世界觀逐漸遭到破壞。

這樣實在不是我所期待的異世界。

「不過，幸好事情可以圓滿解決。就算有阿克婭在，但對手可是巫妖，要是進入戰鬥的話，和真和我都絕對死定了。」

惠惠若無其事地這麼說，害我愣了一下。

「呃，巫妖是那麼危險的怪物喔？該不會真有那麼不妙吧？」

「不妙根本不足以形容好嗎！巫妖的魔法防禦力強大，而且除了施有魔法的武器之外，任何攻擊都對她無效。光是碰到對手就能夠引發各種狀態異常、吸收魔力和生命力，是傳說級的不死怪物。反而是阿克婭的『Turn Undead』為什麼能夠對那種大咖起得了作用，才讓我覺得不可思議到極點。」

我聽了差點嚇到失禁。

說的也是，畢竟是不死怪物的老大嘛。

聽她說願意教我巫妖的技能，我還拿她的名片拿得很開心耶……去找她學習技能的時候，我一定要記得帶阿克婭一起去。

「和真，把你拿到的名片給我。我要搶在那個女的回去之前先到她家去，在她家周圍設下神聖結界弄哭她。」

「放、放過她吧……」

看來還是不要帶阿克婭去或許會比較好……

正當我這麼想的時候，達克妮絲輕聲地說：

「對了，這樣討伐殭屍製造者的任務該怎麼算啊？」

「「「啊。」」」

任務失敗。

第三章

在這座湖中加入鮮榨自稱女神汁！

1

「你知道嗎？聽說魔王軍的幹部之一占據了一座古城，那座城堡就在城鎮之外稍微往山丘上去的地方。」

公會兼營的酒吧的一角。

我正在聽一個和我併桌，大白天就開始喝酒閒聊的男人這麼說。

而正在和他對飲的我喝的並不是酒，而是尼祿依德的唰唰。

尼祿依德是什麼。

唰唰又是什麼。

我只是因為不太喝酒的人都經常喝這個，也就基於好奇心試著喝喝看而已……

如果要問我好不好喝，我也只能這麼回答：

……嗯，我不知道。

不過，唰唰是怎麼回事我倒是知道。

喝下去之後會有唰唰的口感。

但這也不是碳酸飲料。我本身也不太明白唰唰的口感是什麼意思，不過這種口感也只能用唰唰來形容了。

我將尼祿依德一飲而盡，在桌子上放下杯子……

「魔王軍的幹部啊。聽起來還真可怕，不過這和我們無關就是了。」

「沒錯。」

眼前的男子笑著同意了我消極而不負責任的發言。

在冒險者公會裡閒聊的人意外的多，可以聽到很多有趣的話題。

比方說在哪裡看見危險的怪物，暫時最好不要接那一帶的任務之類。

或是某種怪物討厭柑橘類果汁的氣味，只要擦在身上牠們就不會靠近之類。

應該說，來到這個世界之後，光是為了活下去就讓我用盡全力了，所以從來沒有像這樣收集情報過。

收集情報是電玩當中最重要的回收旗標工作。

在酒吧像這樣聚在一起討論，很有冒險者的感覺，讓我感到很愉快。

坐在對面的男性冒險者說了：

「總之，無論如何，城鎮北郊的那座廢城還是不要靠近為妙。這裡又不是王國的首都，天曉得魔王軍的大幹部來這裡做什麼。但既然是幹部，大概是食人魔領主或吸血鬼，再不然就是大惡魔或惡龍吧。無論是哪一種，住在那邊的肯定都是我們一碰上就會被秒殺的怪物。最妥當的做法，就是暫時不要接廢城附近的任務了吧。」

向男子道了謝之後，我離開座位，回到自己的小隊坐的那一桌去時……

「……怎麼了？幹嘛用那麼奇怪的眼神看我。」

阿克婭、達克妮絲和惠惠一邊小口小口啃著放在桌子中間的、插在杯子裡的蔬菜棒，一邊看著我。

「沒有啊——？我才沒有在擔心和真加入別的小隊什麼的呢。」

說著，阿克婭以有點不安的眼神不住瞄著我。

「……？呃，我只是去收集情報，這是冒險的基礎吧。」

我在她們三個坐的那一桌就座之後，打算拿根蔬菜棒來吃，便伸出手。

閃。

蔬菜棒一個閃身，躲開了我伸出去的手。

……喂。

「你在幹嘛啊和真。」

阿克婭用力拍了一下桌子，讓蔬菜棒都嚇了一跳，並蹦地跳了起來。

蔬菜棒瞬間停止了動作，阿克婭便拿了一根，塞進嘴裡。

「……嗯。看起來真開心。你好像聊得很開心嘛，和真。你和其他小隊的成員好像相當親近喔？」

惠惠握起拳頭捶了一下桌子，然後拿起怕到不敢動的蔬菜棒，塞進嘴裡。

「……這種新感覺是怎麼回事？看著和真和其他小隊要好的樣子，在感受到胸口一陣鬱悶的同時，還有種新的快感……難不成，這就是傳說中被睡走的感覺……？」

那個滿嘴瘋言瘋語、無可救藥的變態，伸出手指彈了一下杯緣，然後就直接用手指拿起了蔬菜棒。

「幹嘛啊，妳們是怎樣。在這種地方收集情報明明就是基本功吧……？」

說著，我也用力拍了一下桌子，朝蔬菜棒伸出手……

躲。

「……………………是在閃躲什麼啦————！」

「住、住手————！你想對我的蔬菜棒做什麼！不、不可以糟蹋食物！」

我沒拿到蔬菜棒的那隻手直接轉移目標，抓起裝了蔬菜棒的杯子，高高舉起，準備砸到牆上，但差點沒哭出來的阿克婭抓住了我的手。

「區區蔬菜棒休想瞧不起我！應該說事到如今才吐嘈好像也不太對，但為什麼蔬菜還會逃跑啊。麻煩端出已經殺好的東西來好嗎！」

「你在說什麼啊。不管是魚還是蔬菜，任何東西都是越新鮮越好吃吧？你沒聽過新鮮現殺的處理方式嗎？」

最好是有這種新鮮現殺啦。

我放棄吃蔬菜棒，說：

「唉……算了，現在先不管蔬菜的問題，我有更重要的事情要問妳們。我在想等級提升之後，接下來該學什麼技能。老實說，這個小隊的組成實在太不平衡了。所以我想就由最能夠自由發揮的我來彌補不足的部分……這麼說來，妳們都學了些怎樣的技能啊？」

沒錯，為了提高解任務的效率，學習技能的時候還是考慮一下自己和小隊成員之間的配合度比較好。

我是因為這麼想才找她們商量的，不過……

「我的是以『物理抗性』和『魔法抗性』，以及各種『狀態異常抗性』為主。再來就是一個叫作『誘餌』的、用來誘敵的技能。」

「……妳不打算學個『雙手劍』之類的，提升武器的命中率嗎？」

「不打算。自己這樣說好像有點自大，但我的體力和肌力都相當不錯。要是我的攻擊變得能夠輕易命中的話，就可以毫髮無傷地打倒怪物。話雖如此，刻意放水挨打也不太對。應該像這樣……拚命揮劍卻砍不中對手，最後因為力有未逮而被攻陷，才是最爽的。」

「夠了，妳給我閉嘴。」

「……嗯嗯……！明明是你自己問我的還這樣對待我……」

我決定不理會紅著臉喘著氣的達克妮絲。

我看向惠惠，她歪著頭，開了口：

「我當然都是學爆裂系技能。『爆裂魔法』還有『爆炸系魔法威力上升』、『高速詠唱』等等。都是為了施展最棒的爆裂魔法而配的技能。之前如此；當然，之後也是如此。」

「……無論如何，妳都不打算學中級魔法技能之類的嗎？」

「不打算。」

這個傢伙也不行啊……

「至於我呢……」

「妳不用說了。」

「咦咦？」

阿克婭正準備說出自己的技能，於是我讓她閉上了嘴。

反正就是些宴會才藝和宴會才藝和宴會才藝之類的吧。

不過……

「為什麼這個小隊就這麼統整不起來呢……或許我真的該考慮轉隊……」

「「「！」」」

我輕聲的自言自語，讓她們三個人都嚇了一跳。

2

那個獵捕高麗菜的緊急任務之後，過了幾天。

當時捕獲的高麗菜也全都賣了出去。

然後，冒險者們都得到了報酬。

「和真，你看。因為報酬很不錯，我試著稍微強化了一下送修的鎧甲……如何？」

在因為來領報酬的冒險者們而擁擠不堪的公會內，達克妮絲興高采烈地讓我看她送修之後拿回來的鎧甲。

如果要一言以蔽之的話…………

「感覺是品味很像暴發戶的貴族公子哥兒會穿的鎧甲。」

「……和真在任何時候都是不留情面的呢。就算是我，偶爾也會想聽人老實的稱讚一下啊。」

達克妮絲難得露出沮喪的表情這麼說。

誰知道啊。

更何況……

「現在有個比妳更嚴重的傢伙在，我可沒空理妳。麻煩處理一下那個快要比妳還嚇人的變態好嗎？」

「呼……呼……受、受不了、我受不了了！這把瑪納礦石製的法杖洋溢著魔力，這種色澤、光亮……呼……呼……！」

惠惠抱著她整新過的法杖用臉頰磨蹭。

瑪納礦石是一種稀有金屬，據說那具有特殊性質，製作法杖時加進去，就可以提升魔法的威力。

以高額的報酬強化了自己的法杖之後，惠惠一直都是這副模樣。

聽說這樣爆裂魔法的威力就可以再提升個幾成。

讓殺傷力原本就已經強到很過頭的爆裂魔法變得更強要幹嘛，與其做這種事情，不如學些其他更應該學習的方便魔法吧？諸如此類的，我想說的事情還有很多，不過我實在不太想理會現在的惠惠，所以決定不管她。

我也已經領到了錢，心滿意足。

吸引追著高麗菜而來的怪物的達克妮絲。

一舉粉碎那些怪物的惠惠。

還有不顧兩人的活躍，一個人我行我素地追趕著高麗菜的阿克婭。

我們決定不均分獵捕高麗菜所得到的報酬，而是分別以自己獵捕到的份直接當成個人的報酬。

這麼提議的，是收穫量僅次於我的阿克婭。

而現在，提議的人自己在等著領錢，但……

「妳說什麼————？等一下，這是怎麼回事！」

阿克婭的聲音在公會內迴盪。

唉……我真討厭這樣……

不出所料，阿克婭在公會的櫃檯和人起了爭執。

她抓住公會櫃檯小姐的領子，不知道在抗議什麼。

「為什麼只有五萬！妳知不知道我抓到多少顆高麗菜？肯定不止十幾二十顆喔！」

「這這、這個嘛，這件事實在有點難以啟齒……」

「什麼啦！」

「……阿克婭小姐抓來的，幾乎都是西生菜……」

「…………為什麼會有西生菜混在裡面啊！」

「就、就算妳這樣問我！」

聽她們的對話，似乎是覺得報酬有問題的樣子。

大概是覺得繼續跟櫃檯小姐扯下去也無濟於事，阿克婭把手伸到背後交疊著，並一臉笑盈盈地靠近我。

「和──真先生！這次的任務，你拿到多少萬圓啊？」

「一百萬多一點。」

「「「一百！」」」

阿克婭、達克妮絲、惠惠都嚇到說不出話來。

沒錯，我在那個突然降臨的任務當中，一下子賺到了第一桶金。

我捕獲到的，好像很多都是品質優良、滿載經驗值的高麗菜。

這也是幸運度的差距吧。

「和真大人——！我之前就這麼覺得了，該怎麼說呢，總之就是你人真的很好！」

「想不到有哪裡可以誇獎的話就不要勉強。話先說在前頭，這筆錢我已經決定好要怎麼用了，所以不可能分妳。」

聽我搶先這麼說，阿克婭的笑容僵住了。

「和真先生——！我還以為自己可以拿到相當不錯的任務報酬，所以這幾天把身上的錢全都用掉了！應該說，我預計自己可以賺到一大筆錢，還在這個酒吧欠了將近十萬！只靠這次的報酬根本還不清啊！」

我把黏在我身上、快要哭出來的阿克婭拉開，心裡想著這個傢伙為什麼老是不知道瞻前顧後，同時舉起手指按著隱隱作痛的太陽穴。

「誰理妳啊，一開始說這次要『各自保留自己得到的報酬』的人明明就是妳自己。應該說，我也差不多想要找個地方當據點了。一直在馬廄裡生活，住起來很不安心吧？」

一般來說，冒險者並不會買房子。

因為冒險者並不追求安定，經常到處跑來跑去。

當然成功的冒險者非常少，大部分的人都沒什麼錢，僅能勉強度日，這也是原因之一。

老實說，要靠這些成員討伐魔王根本不可能，我已經呈現半放棄狀態了。

和魔王軍戰鬥的工作，交給先被送這裡來、有得到強大能力和裝備的那些人負責就好。

畢竟，我是任何人都能夠當的初期職業、最弱職業，冒險者。

而且，和那些從小就為了成為冒險者而鍛鍊的人相比，我的各項參數都很差勁，真的是到處都有的普通人。

在安全的地方稍微冒險一下，滿足了自己的好奇心之後，我只要能夠悠閒地過活就很滿足了。

因此，我打算趁現在找間小小的小屋之類的物件租賃，如果夠便宜的話買下來也可以。

阿克婭一臉真的要哭了的樣子，緊緊抓住我。

「怎麼這樣啦啊啊啊啊！和真，拜託你，借我錢！只要夠我結清欠款就好！我知道和真是男生，也知道你半夜在馬廄裡偶爾會做些偷偷摸摸的事，所以我可以理解你想趕快擁有私人空間的心情！五萬！五萬！真的五萬就好！拜託你啦——————！」

「好我知道了，五萬十萬都只是小錢！我真的知道了，所以妳給我閉嘴！」

3

「和真，我們趕快去出個討伐任務！而且還要挑個有一堆小怪的任務！我想測試新法杖

的威力！」

突然，惠惠這麼說。

嗯。

「也對，在討伐殭屍製造者的時候，到頭來我也沒空測試剛學會的技能。找個安全又簡單的任務好了。」

「不，出個可以賺錢的任務吧！我把欠款結清了，所以連今天的飯錢都沒有了！」

「不，現在應該找個強敵才對！找個攻擊既沉重又爽快，強到不行的怪物……！」

再怎麼統整不起來也該有個限度吧。

「總之，我們先看一下公布欄的委託再決定吧。」

大家都遵照我的意見，一個接著一個移動到公布欄前。

然後……

「……奇怪？這是怎樣，幾乎都沒有委託嘛。」

沒錯，平常這裡都貼滿了大量的委託布告。

但是，今天只貼了幾張。

而且……

「和真！選這個，就選這個吧！在山上出沒的巨大熊，名叫黑色獠牙……」

「駁回啦駁回！喂，這是怎樣！怎麼只剩下高難度的任務啊！」

沒錯，留在公布欄上的，每一個都是現在的我們無法承擔的任務。

就在我們滿心疑惑時，一個公會職員來到我們身邊。

「不好意思……因為最近有個疑似魔王軍幹部的人住進了城鎮附近的一座小城堡……或許是受到該魔王軍幹部的影響，這附近的弱小怪物都躲了起來，導致工作銳減。下個月，國家派遣的騎士團就會從首都來到這裡討伐該幹部，在那之前，就只有目前剩下的高難度工作可以……」

聽職員過意不去地這麼說，身無分文的阿克婭放聲慘叫。

「為、為什麼啦——————？」

……這下就連我也不禁同情起阿克婭來了。

「真是的……為什麼在這種時候搬到這裡來啦！我不知道那是幹部還是什麼啦，如果是不死者的話就給我走著瞧！」

阿克婭含淚猛抱怨，手上一邊翻閱著打工情報雜誌。

其他冒險者們的心情好像也一樣，一副快要幹不下去的樣子，天還沒黑就喝得醉醺醺的人比平常還要多。

不知道魔王的幹部到這裡來有什麼目的。

老實說，這個城鎮的冒險者們的實力和我們差不了多少。

比我們還強的冒險者小隊當然有很多，但即使如此程度依然有限。

這裡是剛起步的冒險者首先造訪的，為了初學者而存在的修練處。

以電玩來說，魔王的幹部可是最後面才會出現的角色。

我們就連對付蟾蜍都會陷入苦戰，聚集再多這種程度的人也無法與幹部一戰吧。

4

「也就是說，在高強的冒險者和騎士們下個月從首都來到這裡之前，都無法正常工作囉。」

「就是這麼回事……這樣一來，在無法出任務的這段期間內，可能要暫時請你像這樣陪我了……」

我和惠惠一起來到城鎮外面。

現在，城鎮附近都沒有危險的怪物了。

因為魔王軍的幹部出現之後，弱小的怪物都嚇得躲起來了。

我陪著因為接不到任務，無法使用爆裂魔法而鬱悶不已的惠惠出來散步。

這個傢伙有件每天都必須做的事情，就是一天一定要施放一次爆裂魔法。

難不成，接下來我必須每天都陪這個傢伙出來，一直到下個月嗎？

我原本不想理惠惠，叫她自己一個人去，結果她突然翻臉，說這樣回程不就沒有人揹她回來了嗎？

「這附近就可以了吧，趕快把妳的魔法放一放就回去了。」

才剛離開城鎮沒多遠，我就催惠惠施展她的魔法。

但是惠惠搖了搖頭說：

「不可以。離城鎮不夠遠的話，守衛先生又要罵我了。」

「妳剛才說了『又』對吧。是因為聲音太大之類吵到人而被罵嗎？」

惠惠點頭承認了我的說詞。

沒辦法，雖然沒帶武器有點不安，但反正也沒有怪物。

偶一為之，我決定走遠一點看看。

仔細想想，來到這個世界之後，像這樣在外面閒晃的經驗好像也沒幾次。

外出的時候大概都和討伐怪物的任務有關。

似乎不曾像這樣，悠哉地在外面散步……

「……？那是什麼啊。是廢城嗎？」

遠在前方的山丘上。

一座已經荒廢的老舊城堡兀自佇立在那裡。

看起來簡直就像是鬼屋似的……

「感覺有點毛毛的……就好像有鬼住在裡面似的……」

我這麼喃喃地說著……

「就選那裡吧！就算大肆破壞那種廢城應該也沒有人會抱怨才對。」

說著，惠惠喜不自禁地開始準備她的魔法。

在微風吹拂，令人心曠神怡的山丘上。

和當下如此閒適的氣氛格格不入的爆裂魔法的詠唱聲，就此乘風而去……！

……就這樣，我和惠惠開始了新的每日例行公事。

身無分文的阿克婭每天都在努力打工。

達克妮絲則表示暫時會在老家做她的重訓。

沒事幹的惠惠則是每天都到那座廢城附近去施放爆裂魔法，不曾間斷。

有時是下著冰雨的寒冷傍晚。

有時是吃完午餐的平靜午後。

有時是在清爽的早晨出去散步時順便。

無論是任何時間，惠惠每天都會到那座廢城去施放魔法……

而一直在惠惠身邊看著魔法的我，甚至可以分辨得出當天的爆裂魔法狀況是好是壞了。

「『Explosion』——！」

「喔，今天的感覺不錯喔。爆裂的衝擊波有如滲透入骨般震盪著全身，還有吹拂全身肌膚的空氣震動緊接在後。雖然神奇的是那座廢城依然沒怎樣，不過……好個爆裂！」

「好個爆裂！呵呵，和真也開始越來越了解爆裂道了呢。今天的評價相當切中要點又富含詩意……如何？我不是隨便說說的，和真要不要認真考慮一下，乾脆把爆裂魔法學起來啊？」

「嗯——爆裂道是很有趣啦……可是以我們的小隊目前的編制來說，好像不太需要兩個魔法師。不過，等到我不幹冒險者的時候，如果還有剩下點數的話，最後把爆裂魔法學起來好像也很有趣。」

我和惠惠一邊說著這樣的事情，一邊對彼此露出了微笑。

就這樣，我們說著今天的爆裂魔法的爆炸聲可以打幾分之類；不，雖然音量不大但音色很不錯之類的，一直聊著爆裂道。

5

就在我們每天持續著爆裂散步，正好過了一個星期的那天早上。

『緊急廣播！緊急廣播！所有冒險者請注意，請各位立刻做好武裝準備，成戰鬥狀態到城鎮的正門集合！』

熟悉的緊急廣播聲傳遍整個城鎮。

聽到廣播，我們也做好全副武裝，趕往現場。

眾多冒險者正在聚集到城鎮正門前，在這樣的狀況下抵達現場的我們，看見了一個散發出驚人壓迫感的怪物，並只能在他面前茫然地呆立著。

無頭騎士。

是對人宣告死亡，帶來絕望的怪物。

化身為不死者之後，得到了凌駕於生前之上的肉體與特殊能力。

站在正門前的那個穿著漆黑鎧甲的騎士，將自己的頭顱抱在身體的左側，在整個城鎮的冒險者們的注視中，將自己完全罩在頭盔之下的頭顱遞到眾人眼前。

被遞了出來的頭顱發出模糊的聲音。

「……我是魔王軍的幹部，不久之前才搬到附近的城堡……」

說到最後，頭顱開始微微抖動了起來…………！

「每每每每、每天每天每天每天！都都、都跑來我的城堡，每天從不間斷地跑來發爆裂魔法的神經病大笨蛋，是誰啊啊啊——————！」

這位魔王軍的幹部看起來已經憤怒到了極點。

無頭騎士的吶喊聽起來像是一直在忍耐著什麼，忍到不能再忍終於發怒了似的，讓我身邊的冒險者們開始議論紛紛。

應該說，在場的所有人，都還無法理解到底發生了什麼事。

總之，之所以緊急集合我們，原因就是眼前這個氣到快發瘋的無頭騎士吧。

「……爆裂魔法？」

「說到會用爆裂魔法的人就是……」

「說到爆裂魔法就是……」

周圍的人的視線，自然而然地聚集到站在我身邊的惠惠身上。

……吸引了周圍目光的惠惠猛然一轉頭，看著自己身邊的魔法師女孩。

受到她的動作影響，我也跟著看了那個女孩，於是周遭的人也跟著受到影響，一齊改變視線看向那個女孩……

「咦咦？我、我嗎？你們為什麼要看我？我可不會用爆裂魔法喔！」

突然被嫁禍到自己身上，那個魔法師女孩連忙否認。

……等等，難不成……我們每天去放魔法的那座廢城！

難道那就是……

我往旁邊瞄了一眼，只見惠惠冷汗直流。

看來這個傢伙也注意到這件事了。

終於，惠惠嘆了口氣，一臉厭惡地走上前去。

隨著她的動作，冒險者們也讓出了一條走向無頭騎士的路。

站在城鎮正門前的無頭騎士。

惠惠在距離那個無頭騎士約莫十公尺的地方站定，與之對峙。

以我為首，達克妮絲和阿克婭也都在惠惠身後陪著她。

每次看見不死者就像碰上殺父仇人似地積極進攻的阿克婭，不知道是不是覺得無頭騎士氣到抓狂的模樣實在很少見，她一臉興致勃勃地等著看事情會如何發展。

「就是妳嗎……！妳就是那個每天每天都跑去對著我的城堡施放爆裂魔法的大笨蛋嗎！如果妳是因為知道我是魔王軍幹部，想要找我打一場的話，就光明正大地攻進城堡啊！如果妳沒有那個意思的話，乖乖躲在鎮上發抖就好！為什麼要用如此陰險的手段找我麻煩？我知道這個鎮上只有低等級的冒險者！原本想說這種只有小角色的城鎮放著不管就好，結果妳這個搞不清楚狀況的傢伙，居然每天每天都跑來砰砰砰砰地轟著妳的魔法……！我看妳是腦袋有問題吧！」

大概是一連好幾天被爆裂魔法轟到很煩吧，無頭騎士的頭盔因為猛烈的憤怒而忍不住抖動起來。

惠惠終究因為受到震懾，顯得有些畏縮，卻還是掀起肩上的斗篷用力一揮……

「吾乃惠惠。身為大法師，乃使用爆裂魔法者……！」

「……惠惠是哪門子的名字，妳唬我啊？」

「才、才沒有！」

儘管被聽她報上名號的無頭騎士吐嘈，惠惠還是重新振作起來，繼續說：

「吾乃紅魔族出身，乃是這個城鎮首屈一指的魔法師。吾之所以不斷使用爆裂魔法，乃是為了誘出你這個魔王軍幹部的作戰計畫……！當你像這樣著了道，隻身來到這個城鎮，足見你氣數已盡！」

看著惠惠拿法杖指著無頭騎士興高采烈地大放厥詞，在她身後的我，輕聲對達克妮絲和阿克婭耳語起來。

「……喂，那個傢伙居然那樣說耶。明明是因為她無理取鬧，說什麼每天都必須放爆裂魔法否則會死，我才無可奈何地帶她到那座城堡附近去的，什麼時候變成作戰計畫了。」

「……嗯，而且她還趁亂宣稱自己是這裡首屈一指的魔法師呢。」

「噓——！這種事情先不要說出來啦！她今天還沒用過爆裂魔法，後面又有一堆冒險者在挺她，所以比較強勢。現在她講得正在興頭上，我們就這樣繼續看下去吧！」

大概是聽見了我們交頭接耳的內容吧，惠惠維持著單手拿法杖指著對方的姿勢，臉上微微泛紅。

至於無頭騎士，則是不知為何似乎就此接受了她的說詞。

「……喔，是紅魔的人啊。原來如此、原來如此。所以那個不尋常的名字真的不是在唬我是吧。」

「喂，你對我爸媽幫我取的名字有意見就說啊，我洗耳恭聽！」

惠惠聽了無頭騎士的發言開始發火，但對方卻是一副不以為意。

應該說，即使看見來自整個城鎮的大群冒險者，他也未曾露出在意過的樣子。

不愧是魔王軍的幹部，他大概一點也不把我們這種菜鳥放在眼裡吧。

「……哼，算了。我並不是為了招惹你們這些無名小卒而來到這個地方。我之所以來這個地方，是為了調查一件事情。這段時間都會待在那座城堡，所以之後妳不准再用爆裂魔法了。聽到了嗎？」

「這等於是叫我去死吧。紅魔族每天都必須施放一次爆裂魔法，否則會死掉。」

「喂、喂，我可沒聽說過這種事情！妳少信口開河！」

怎麼辦，我越來越想繼續看惠惠和那個怪物多聊一下了。

我看向阿克婭，她也是雀躍不已地看著惠惠死纏爛打對上無頭騎士。

無頭騎士將頭顱放在右手上，然後直接靈巧地做出攤手聳肩的動作。

「無論如何，妳都不打算放棄發爆裂魔法是吧？儘管我是墮入魔道之身，但原本也是個騎士，我沒興趣砍殺弱者。不過，如果妳想繼續在城堡附近做那種事情打擾我的話，我也是有我的想法喔。」

無頭騎士散發出危險的氣息，讓惠惠後退了幾步。

然而，惠惠隨即露出狂妄的笑容……！

「被打擾的是我們好嗎！都是因為你待在那座城堡不走，害我們連工作都沒辦法好好做！哼……你也只有現在能夠那麼氣定神閒了。我們這邊可是有對付不死者的專家在！大師，拜託妳了！」

大肆嗆聲之後，惠惠把事情完全丟給了阿克婭。

……………喂。

「真拿妳沒辦法啊——！我不知道你是魔王軍的幹部還是什麼，但是在本小姐在的時候來到這裡，算你運氣不好。明明是不死者，卻在這種大白天會讓你的力量變弱的時候跑到外面來，簡直就是在叫我淨化你！都是你害我們連照常接任務都不行！好了，你應該有所覺悟了吧？」

聽惠惠叫了她大師，阿克婭一副頗受用的樣子，站到無頭騎士面前。

冒險者們無不緊張地嚥下口水，看著事情會如何發展。在眾人的注視之下，阿克婭向無頭騎士伸出一隻手。

無頭騎士見狀，興致盎然地將自己的頭顱向前朝阿克婭遞了出去。

這大概是屬於無頭騎士的，所謂「認真盯著看」的方式吧。

「喔，厲害厲害，妳不是普通的祭司，而是大祭司對吧？再怎麼說，我也是魔王軍的幹部之一。我可沒有落魄到會被待在這種城鎮的低等級大祭司淨化，也有對付大祭司的手段……不過，這樣好了，先讓我來好好折磨一下那個紅魔族的小女孩吧！」

無頭騎士在阿克婭準備詠唱魔法時搶先一步，以左手的食指指著惠惠。

然後，無頭騎士立即大喊！

「宣告汝之死亡！妳將在一週之後死去！」

在無頭騎士施展詛咒的同一時間，達克妮絲抓住惠惠的後領，將她藏到自己身後去。

「啥？達、達克妮絲！」

在惠惠的尖叫聲中，達克妮絲的身體瞬間發出微弱的黑光。

可惡，中招了，是死亡宣告嗎！

「達克妮絲，妳沒事吧？有沒有哪裡會痛？」

我連忙這麼問，但達克妮絲伸展了自己的雙手好幾次進行確認。

「……嗯，好像沒什麼感覺。」

然後相當稀鬆平常地說著。

但是，無頭騎士確實是這麼喊的。

將在一週之後死去。

正當阿克婭在中了詛咒的達克妮絲身上摸來摸去時，無頭騎士得意洋洋地宣言。

「剛才的詛咒現在還不會對妳怎樣。計畫雖然有點被打亂，不過你們冒險者的同伴意識那麼高，這樣反而會讓你們更痛苦吧……聽好了，紅魔族的少女。再這樣下去，那個十字騎士將會在一週後死亡。哼哼，在那之前，妳最重要的同伴將一直受到死亡的恐懼折磨，害怕不已……沒錯，一切都是因為妳的所做所為害了她！接下來這一週，妳就看著同伴痛苦的模樣，並為自己的行為而悔不當初吧！哼哈哈哈，早知如此就該乖乖聽我的話吧！」

在惠惠因無頭騎士這番話而臉色發白之際，達克妮絲顫抖著大喊：

「竟、竟有此事！也就是說，你這個傢伙對我施加了死亡詛咒，想要解開詛咒就得乖乖聽你的話！你的意思就是這樣沒錯吧！」

「咦？」

無法理解達克妮絲在說什麼的無頭騎士，坦率地做出了最直接的反應。

我一樣無法理解她在說什麼……也不想理解。

「唔……！不過是區區詛咒，休想讓我屈服……！我不會屈服的……！可是，我、我該怎麼辦啊和真！你看那個無頭騎士，看他頭盔底下那雙邪淫的眼神！那種眼神怎麼看都是想把我直接帶回城堡裡，說什麼想解除詛咒就得乖乖聽他的話，然後要求我陪他大玩鹹濕變態性愛遊戲的性變態！」

在眾目睽睽之下突然被叫成性變態的可憐無頭騎士，輕輕冒出一聲：

「……咦？」

真是令人同情。

「即使你可以任意擺佈我的身體，也不要以為你可以操弄我的心！我快要變成被囚禁在城堡裡，任憑魔王的手下做出不合理要求的女騎士了！啊啊，怎麼辦，我該怎麼辦啊和真！這種狀況比我預料的還要更令人熱血沸騰！我不想去，我也不想去啊，可是沒辦法！我會試圖抵抗到最後一刻的，請你不要阻撓我！那麼，我去去就回來！」

「咦咦？」

「站住，不准去！妳看人家無頭騎士多困擾啊！」

見達克妮絲興沖沖的就想跟著敵人走，而當我從背後扣住她的肩頸時，看見了鬆下一口氣的無頭騎士的身影。

「總、總而言之！如果你們得到教訓的話，就別再對我的城堡施放爆裂魔法了！還有，紅魔族的少女啊！如果妳想要我解開那個十字騎士的詛咒，就來我的城堡吧！只要妳能夠爬到城堡的頂樓，來到我的房間，我就解除她的詛咒！但是……城堡裡面到處都是我的部下，成群的不死騎士啊。你們這些菜鳥冒險者，真有辦法來到我身邊嗎？哼哼哼哼哼、哼哈哈哈哈哈哈！」

無頭騎士如此宣言之後，一邊大笑，一邊騎上停在城鎮外面的無頭馬，直接往城堡的方向離去……

6

剛才的發展要說過於殘酷確實是過於殘酷，使得聚集到現場的冒險者們只能一臉茫然地呆立在原地。

而我也一樣。

在我的身旁，臉色鐵青、渾身顫抖的惠惠，則是用力握緊了手上的法杖。

接著，她正打算一個人走到城鎮外頭去。

「喂，妳想去哪裡。妳打算想幹嘛？」

我拉住惠惠的斗篷，惠惠便在腳上使力奮命抵抗，頭也不回地說：

「這次的事情是我該負責。我去一下城堡，直接對那個無頭騎士施展爆裂魔法，然後解除達克妮絲的詛咒。」

這種事情，惠惠一個人去也辦不到吧。

……應該說。

「我當然也要去啊。妳一個人去的話，只要碰到小嘍囉、用了魔法，就完蛋了。再說，我每天都陪你一起去，卻也沒發現那是幹部的城堡。」

聽我這麼說，惠惠先是露出一臉凝重的表情，最後終於肩膀一垮，放棄了原本的想法。

「……那，我們一起去吧。可是，他說對手是一大堆不死騎士。這樣一來，武器大概起不了什麼作用。我的魔法應該會比較管用才對……所以，像這種時候你可要好好依賴我喔。」

說著，惠惠微微一笑。

既然名叫不死騎士，那應該是一身鎧甲的敵人吧。

要對付那種敵人的話，手上只有這把便宜貨的我便無用武之地。

不過，就算是這樣我也有其他主意。

「靠我的感應敵人技能搜尋城內的怪物，同時以潛伏技能藏身，偷偷摸摸溜進去吧。或者是每天都到城堡去，從一樓依序以爆裂魔法打倒敵人然後回來。一天一天慢慢削減敵人的戰力……既然期限有一個星期，靠這種作戰計畫行動應該也可以。」

大概是聽了我的提議多少感覺到還有些希望吧，惠惠點了點頭，表情開朗了起來。

我和惠惠轉頭看向達克妮絲。

「喂，達克妮絲！我們一定會設法解除妳的詛咒！所以，妳放心地……」

「『Sacred Break Spell』！」

就在我向達克妮絲喊話，想幫她打氣的途中。

阿克婭詠唱的魔法打斷了我的發言，達克妮絲的身體也隨之發出淡淡的光芒。

然後，達克妮絲似乎覺得有些可惜，隱約有點無精打采的樣子；相對的，阿克婭則是開心地說：

「有我出馬，解除無頭騎士的詛咒根本易如反掌！怎樣怎樣？我偶爾也會有很像祭司的時候吧？」

「「……咦？」」

……虧我和惠惠還自己討論得那麼熱烈，把我們的幹勁還來啦。

7

魔王軍幹部襲擊事件之後平安無事地過了一週之後的某一天。

「我想出任務！難一點的也沒關係，我們去接任務吧！」

「「嗄…………」」

聽阿克婭突然這麼說，我和惠惠同時出聲表達不滿。

除了阿克婭之外，我們的錢包都還很充裕。

而且現在只有高難度任務，我實在不想刻意跑去接工作。

「我是沒關係啦……不過，只有阿克婭和我的話火力應該不夠吧……」

達克妮絲不停瞄著我和惠惠，這麼說。

即使妳這樣看我們，我和惠惠也沒有必要勉強自己去接危險的任務吧。

看著興致缺缺的我們，阿克婭終於哭了出來。

「拜、拜託你們啦————！我不想一直打工下去啦！可樂餅沒賣完店長就會發脾氣！我會加油的！這次我一定會全力加油的——！」

我和惠惠看了一下彼此。

「真拿妳沒辦法……那，妳去找找看有沒有什麼還可以的任務吧。如果有什麼還不錯的任務，我們就陪妳去。」

聽我這麼說，阿克婭開心地朝任務公布欄衝了過去。

「……和真，你姑且也跟著去看一下任務吧？要是交給阿克婭挑的話，大概又會挑到很不得了的任務吧……」

「……沒錯。不過，即使是比較難搞的任務我也不會抱怨就是了……」

聽了惠惠和達克妮絲的意見，我也開始有種不祥的預感。

我來到張貼著任務的公布欄，站在一臉不知道在思考什麼、斟酌著任務的阿克婭身後。

阿克婭沒發覺我站在她背後，一臉認真地挑選著任務。

終於，她從公布欄上撕下一張紙，拿在手上。

「……好。」

「好妳個頭！妳想接什麼任務來著！」

我搶走阿克婭拿在手上的委託單。

『——討伐蠍獅及獅鷲——蠍獅及獅鷲在某處爭地盤。放著牠們不管相當危險，所以請兩隻都同時討伐。報酬為五十萬艾莉絲。』

「妳白痴啊！」

我如此大叫，並將布告貼回原本的地方。

跑來看是對的。差點就要被她拖下水去出危險又這麼誇張的任務了。

「什麼嘛，只要趁牠們兩隻待在一起的時候讓惠惠送牠們一記爆裂魔法，就可以一次解決啦。幹嘛這麼怕事啊你……」

反正這個傢伙一定打算把想出作戰計畫，並讓兩隻危險的魔獸很剛好地待在一起的工作，完全交給我處理吧。

乾脆真的接下這個任務，讓她自己一個人去處理算了。正當我如此煩惱時，阿克婭興奮地拉了拉我的衣袖。

「這個啦這個！你看一下這個！」

聽阿克婭這麼說，我看了一下她指的委託單。

『——淨化湖泊——本城鎮作為水源之一的湖泊，由於其水質惡化，開始有殘暴短吻鱷棲息，需要委託人員淨化水質。能夠淨化湖水的話怪物自然會轉移棲息地，不需要討伐怪物。※必備：習得淨化魔法的祭司。報酬為三十萬艾莉絲。』

「……妳有辦法淨化湖水喔？」

阿克婭從鼻子哼笑，回答我的疑問。

「笨蛋，你以為我是誰啊？應該說，從名字和外表給你的印象看來，也應該可以知道我是掌管什麼的女神才對吧？」

「妳不是宴會之神嗎？」

「最好是啦繭居尼特！是水之女神！你沒看見我這美麗的水藍色眼睛和我的髮色嗎？」

原來如此。

光是淨化水質就可以賺三十萬啊，確實很好賺。

不用進行討伐這點ＣＰ值更是高。

「那就接那個吧。應該說，只要淨化的話，妳一個人就可以了吧？這樣一來還可以獨占報酬喔！」

但是，阿克婭似乎不太認同我的意見。

「這、這個嘛……我想，在我淨化湖水的時候，怪物大概會過來干擾我吧？在我完成淨化之前，希望你們可以保護我不受怪物攻擊。」

原來是這麼回事啊。

不過，從殘暴短吻鱷這個名字來推斷，應該是鱷魚類的怪物吧？

聽起來好像很危險耶……

「順便問一下，淨化要多久才會結束？五分鐘左右？」

如果短時間內就可以完成的話，應該可以靠惠惠的爆裂魔法設法搞定吧。

阿克婭歪了一下頭說：

「……半天左右？」

「也太久了吧！」

面對聽名字就很危險的怪物，還得擋住牠們半天，誰願意啊。

正當我打算把布告貼回去時……

「啊啊！拜託，拜託你啦——！已經沒有其他比較像樣的任務了！拜託你幫幫我嘛和真先生——！」

我原本打算把單子貼回公布欄，阿克婭卻纏住我的右手哭著求助。看著這樣的她，我忽然想到一個主意。

「……吶，淨化要怎麼進行啊？」

「……咦？淨化水質的話，只要我可以伸手碰到水，一直施展淨化魔法就好了……」

原來如此，還得碰到水才行啊。

我原本是想到了一個主意，可是這樣的話……

……不對，慢著。

「喂，阿克婭。我想應該有個方法可以安全地進行淨化，妳想不想試試看？」

8

距離城鎮稍遠之處，有座廣大的湖泊。

這座湖泊是城鎮的水源之一，有條小河從湖中流出，一直通往城鎮。

湖泊緊鄰著一座山，山上源源不絕地有水流入湖中。

原來如此。

正如委託單所寫的，湖水看起來有點混濁，還有淤積的現象。

我還以為怪物也喜歡乾淨的水，原來不是這樣啊。

正當我望著湖泊時，背後傳來一個怯懦的聲音。

「……吶……真的要這樣做嗎？」

是聽起來非常不安的阿克婭。

對於我想到的這個毫無破綻的作戰計畫，到底是在擔心什麼啊？

阿克婭開了口：

「……我覺得自己好像是被抓到的稀有怪物，等一下就要被賣掉了……」

……這個稀有怪物現在被關進鋼鐵製的籠子裡，抱著雙膝坐在正中央，一邊這麼說著。

我打算把裝著阿克婭的籠子搬到湖邊，然後整個丟進湖裡。

一開始我原本是想讓她在湖泊附近從安全的籠子裡施展淨化魔法，但是淨化魔法必須碰到水才能使用，所以作戰計畫就變成這樣了。

身為水之女神的阿克婭，不要說泡在水裡，即使沉到湖底一整天也可以自由呼吸，完全

不會感覺到不舒服。

而且根據她本人所說，即使不用淨化魔法，只要將阿克婭整個人泡進湖裡，光是這樣就具有淨化效果了。

也就是說，她具備著如此的神聖性。果然再爛也是女神，厲害厲害。

關著阿克婭的籠子已經由我和達克妮斯兩個人合力搬到湖邊。

那個鋼製的籠子，是從公會借來的常備用品。

由於委託當中也有捕捉怪物的工作，這好像就是用在那種任務的東西。

我們並不是來把派不上用場的女神丟進湖裡，所以也不需要搬得太遠。

只要把籠子放到湖邊，讓阿克婭稍微泡到水就可以了。

這樣一來，即使她在淨化湖水的時候遭到殘暴短吻鱷襲擊也沒有關係。

畢竟，那是捕捉怪物時用來搬運的籠子，應該不至於讓裡面的阿克婭遭到攻擊才對。

聽公會職員說，淨化結束之後，怪物就會離開湖泊，但是為了以防萬一牠們不離開阿克婭身邊，籠子上還鎖了一條牢靠的鐵鍊。

因為鋼製的籠子頗有重量，我們來到湖泊的這段路是用在鎮上借的馬拖過來的。

要是遇上緊急情況，我打算把鐵鍊綁到借來的馬身上，讓牠拖著籠子逃跑。

裝著阿克婭的籠子已經沉進湖邊，讓抱腿坐著的阿克婭的腳尖和臀部浸在湖水當中。

再來就是維持現狀，我們三個只要在遠處等待就可以了。

阿克婭抱著她的膝蓋，輕聲說：

「……我覺得自己好像正在被萃取汁液的紅茶茶包喔……」

9

將淨化裝置……更正，將阿克婭設置在湖邊之後，過了兩個小時。

但是，目前仍然沒有怪物襲擊而至的跡象。

我和達克妮絲和惠惠，待在距離阿克婭二十公尺左右的陸地上，看顧著阿克婭的狀況。

我向一直泡在水裡的阿克婭喊話。

「喂——阿克婭！淨化得如何了？一直泡在湖水裡很冷吧？想去上廁所的話就說一聲喔！我會把妳從籠子裡放出來的——！」

我從遠處這麼大喊，阿克婭也喊了回來。

「淨化的狀況很順利！還有，我不上廁所的！大祭司才不會上廁所呢！」

阿克婭說得就像是古早以前的偶像會說的話似地。

我原本還在擔心她一直泡在水裡會不會怎麼樣，不過看來她還滿從容的樣子。

「看來沒什麼問題呢。順道一提，紅魔族也是不上廁所的。」

我問都沒問，惠惠就這樣說了。

妳和阿克婭平常都在大吃大喝，我倒想問問那些東西都跑哪去了……真想這樣吐嘈啊。

「身為十字騎士的我也不上……不上廁……嗚嗚……」

「達克妮絲，別跟這兩個傢伙對抗啦。對於堅稱不上廁所的惠惠和阿克婭呢，下次我會接個無法當天來回的任務，好好確認一下她們是否真的不用去上廁所。」

「別、別這樣啦。紅魔族真的不上廁所的喔！可是我道歉，拜託別這樣……不過是說，殘暴短吻鱷都沒來耶。如果可以就這樣平安無事地結束就好了。」

惠惠說了一句怎麼想都是立旗的宣言。

然後，就像是以此為契機似的，湖泊的某處開始起了輕微的波浪。

就大小來說，大概和地球上的鱷魚的平均尺寸差不了多少。

不過，畢竟是怪物。和地球上的鱷魚還是有點不同。

「和、和真——！好像有什麼過來了！吶，好像有很多什麼東西過來了啦！」

看來這個世界的鱷魚們，好像是成群結隊行動的樣子。

——淨化開始後過了四個小時——

一開始阿克婭純粹只是泡在水裡，用女神的身體所具備的能力去淨化，但現在大概是想要趕快結束淨化盡早回去吧，她專心一意地不斷詠唱著淨化魔法。

「『Purification』！『Purification』！『Purification』——！」

一大群鱷魚包圍了裝著阿克婭的鋼鐵製籠子，並用力地啃咬著。

「『Purification』！『Purification』——！籠子在嘰嘰叫！籠子在嘎嘎叫！籠子、籠子發出奇怪的聲音了啦！」

阿克婭在籠子裡慘叫，但是在這種狀況下也不能用爆裂魔法全部轟飛，我們其實有點無計可施。

「阿克婭——！要放棄的話就說一聲喔——！妳放棄的話我們就拉鐵鍊把妳連籠子一起拖著逃跑——！」

從不久之前開始我就一直朝籠子那邊這麼大喊，但阿克婭儘管害怕，卻還是堅持拒絕放棄任務。

「我、我才不要！在這種時候放棄等於白白浪費剛才的這段時間，最重要的是這樣就

拿不到報酬了！『Purification』！『Purification』——！……哇、哇啊啊啊啊——！剛剛『啪』了一聲！籠子剛剛發出了不該發出的聲音啦！」

阿克婭不停哭喊著，而包圍著她的殘暴短吻鱷們卻是完全沒看過我們三個這邊一眼。

看著那邊的狀況，達克妮絲喃喃自語。

「……待在那個籠子裡面，好像有點開心呢……」

「……妳可別過去喔！」

——淨化開始後過了七個小時——

千瘡百孔的籠子，獨自留在湖邊。

被殘暴短吻鱷啃過的那個籠子，到處都留有鱷魚的齒痕。

大概是因為淨化完成了吧，殘暴短吻鱷們離開籠子旁邊，朝山上游去。

已經聽不見阿克婭詠唱淨化魔法的聲音了。

應該說，差不多從一個小時以前，我們就已經沒聽見被短吻鱷包圍的阿克婭，再發出任何聲音了。

「……喂，阿克婭，妳沒事吧？殘暴短吻鱷們全都跑到別的地方去囉。」

我們靠近到籠子那邊，窺探籠子裡的阿克婭的狀況。

「……抽噎……噫嗚……嗝嗚……」

既然都怕到抱著膝蓋哭成那樣了，乾脆早早放棄任務不就好了嗎……

不過，在這種狀況下，也難怪她會這樣。

「乖，既然淨化完成了，我們回去吧。我和達克妮絲還有惠惠談好了，這次我們不拿報酬。那三十萬，全都是妳的。」

抱著雙腿把臉埋在雙膝中間的阿克婭，肩膀抽動了一下。

但是，她還是一點也沒有要從籠子裡出來的樣子。

「……喂，妳也差不多該從籠子裡出來了吧，短吻鱷都已經跑光了。」

聽我這麼說，阿克婭好像小小聲地說了什麼。

「……直接這樣……」

…………？

「她說什麼？」

「……她說，籠子外面的世界好可怕，直接這樣把她帶回鎮上好嗎？」

……看來，繼討伐蟾蜍之後，這次任務也在阿克婭心中留下深刻的創傷了。

10

「多娜多娜多——娜——多——娜——……」

「呃……喂，阿克婭，已經回到鎮上了，不要再唱那首歌了好嗎？光是拖著一個千瘡百孔的籠子，還有一個女人抱著膝蓋坐在裡面，就已經夠受人矚目了。應該說，回到鎮上已經很安全了，妳也該出來了吧。」

「不要。這裡面才是我的聖域。外面的世界好可怕，我暫時不想出去。」

馬就這樣一邊拖著窩在籠子裡完全不肯出來的阿克婭。

平安完成任務、回到鎮上的我們，在鎮民們的側目之下，前往公會。

因為堅持拒絕從籠子裡出來的阿克婭不肯自己走，我們雖然有馬幫忙拖籠子，但前進的速度卻還是很慢。

不過，這次雖然有一個人多了個心靈創傷，但除此之外並沒有值得一提的損害。

雖然很想測試一下裝備和魔法，不過能夠輕鬆完成任務當然是再好也不過了。

我們能夠順利完成任務而沒碰上任何大事，真是太難得了……

不知道是不是因為我冒出這個有如立旗般的念頭而至。

「女、女神大人！這不是女神大人嗎？您在那種地方做什麼啊！」

一名男子突然如此大叫，衝到把自己關在籠子裡的阿克婭身邊，抓著鐵柵。

最誇張的是，殘暴短吻鱷怎麼咬都沒咬壞的鐵柵，那個傢伙居然輕易將其折彎，朝裡面的阿克婭伸出手。

也不管啞口無言的我和惠惠，那個陌生男子就這樣將同樣啞口無言的阿克婭的手……

「……喂，不准你裝熟亂碰我的同伴。你這個傢伙是什麼來頭？如果是見過面的人，阿克婭怎麼會對你毫無反應？」

眼看著男子就要將阿克婭的手牽起，達克妮絲如此逼問他。

和剛才以羨慕的眼神看著被短吻鱷包圍的阿克婭時完全不同，現在的達克妮絲正是保護同伴的盾牌，是個讓人引以為傲的十字騎士。

……如果平常也一直都是這樣就好了……

男子看了達克妮絲一眼，嘆了口氣，搖了搖頭。

那副樣子，怎麼看都是在說自己並不想惹麻煩但也別無他法了的感覺。

男子的這種態度，連平常不太把情緒表現在臉上的達克妮絲也明顯看得出頗為不爽。

因為火藥味越來越重，我找上眼見狀況變成這樣還是抱著膝蓋不肯離開籠子的阿克婭，輕聲在她耳邊說：

「……喂，那是妳認識的人吧？他剛才叫妳女神大人呢。妳去處理一下那個男的啦。」

聽了我的耳語，阿克婭瞬間露出「你在說什麼啊？」的表情，接著……

「……啊啊！女神！沒錯，就是說啊，我是女神耶。然後呢？你希望我這個女神解決這個狀況是嗎？真拿你沒辦法呢！」

阿克婭終於從籠子裡出來了。

這個傢伙該不會真的把自己是女神這件事給忘了吧。

鑽出籠子的阿克婭，對著那個男子歪了頭。

「……你是誰啊？」

居然不認識喔。

……不，應該還是認識的人沒錯。

因為男子一臉驚訝地瞪大了眼睛。

我想，大概只是阿克婭忘記了而已吧。

「您怎麼這樣說呢，女神大人！是我啊，我是御劍響夜！從您那裡得到魔劍格拉墨的那個人啊！」

「…………？」

阿克婭依然歪著頭，但我已經想通了。

名字雖然很像動畫或漫畫的主要角色，不過既然是日本的人名，由此可見，他應該是在我之前從阿克婭那裡得到強力裝備，來到這裡的人吧。

看起來很有正義感的那名男子，是個一頭棕髮，相當帥氣的型男。

他身上穿著一套閃現鮮豔的藍色光芒、看起來很貴的鎧甲，腰間配著一把套著黑色劍鞘的劍。

而他的身後，跟著一個拿著長槍、走戰士路線的美少女，還有一個身穿皮鎧甲，腰間掛著匕首的美少女。

那個自稱御劍的傢伙，年紀大概跟我差不多吧？

要用一句話簡單形容那名男子的話……

就是個看起來很像漫畫主角的傢伙。

「啊啊！有有有，這麼說來確實是有過這麼一個人！抱歉喔，我忘得一乾二淨了。因為我送了很多人過來，會忘記也是沒辦法的事情啦！」

經過我和御劍的說明，阿克婭終於回想起來了。

儘管表情有點尷尬，御劍依然對阿克婭笑著說：

「呃，好久不見了，阿克婭大人。身為您所挑選的勇者，我每天都非常努力。職業是劍術大師。等級已經提升到三十七了……對了，阿克婭大人為什麼在這裡呢？應該說，您怎麼會被關在籠子裡面？」

御劍這麼說，不時還一邊偷瞄著我。

阿克婭在送他來這個世界的時候，隨口胡謅了什麼他是神所選上的人、是勇者之類的，那些不負責任的說詞吧。

直到剛才她都不記得有這麼一個人存在，可見她對御劍說過的話有多麼不負責任。

話說回來，在御劍眼中，看起來像是我把阿克婭關進籠子裡的？

……好吧，正常人都會這麼覺得吧。

即使我說是她本人不想從籠子裡面出來，這傢伙一定也不會相信吧。

就連我，在親眼見到之前，也不敢相信竟有這麼奇怪的一個女神。

我向御劍說明了一下阿克婭和我一起來到這個世界的經過，以及到目前為止發生過的事情之後……

「……豈有此理。這種事情也沒道理了吧！你到底在想什麼啊？把女神大人帶到這個世界來？而且在這次的任務當中還將她關在籠子裡泡進湖裡？」

義憤填膺的御劍一把揪住了我的領口。

阿克婭連忙制止了他。

「你你、你幹嘛？這又沒什麼，我每天都過得還挺開心的，現在已經一點也不介意當初被帶到這裡來的事情了喔！而且，只要打倒魔王我就回得去了！今天的任務也是，雖然有點可怕，但是最後還是順利解決了，也沒有任何人受傷。而且任務報酬有三十萬耶，三十萬！大家還說這筆錢可以全部歸我啊！」

聽了阿克婭這番話，御劍以憐憫的眼神看著她。

「……阿克婭大人，我不知道這種傢伙是怎麼攏絡您的，但您現在的待遇太不合理了。犧牲成那個樣子，才賺到三十萬……？您可是女神喔！女神的待遇卻是如此這般……順便問一下，您現在都在哪裡過夜？」

我實在很想叫御劍別在這種大馬路上提什麼女神不女神的，但他好像都快氣到瘋了，所以我決定閉嘴。

應該說，才第一次見面，這個傢伙還真是口無遮攔啊。

明明一點也不了解阿克婭。

聽御劍那麼說，阿克婭顯得有點嚇到，卻還是畏畏縮縮地回答：

「就、就是，和大家一起，睡在馬廄裡……」

「啥？」

御劍揪住我領口的手更用力了。

喂，會痛好嗎！

這時，達克妮絲從旁伸出手，抓住御劍的手。

「喂，有分寸一點，把你的手放開，你這個傢伙從剛才到現在也太不講理了。你看來應該是第一次見到和真吧，再怎麼沒禮貌也該有個限度。」

除了說蠢話的時候以外一向很安靜的達克妮絲，難得動怒了。

仔細一看，就連惠惠也舉起她整新過的法杖，似乎隨時要開始詠唱爆裂魔法……等等，妳給我住手！

御劍放開了手，興致勃勃地觀察著達克妮絲和惠惠。

「……十字騎士和大法師？而且……兩位長得都相當標緻呢。看來你找隊友的運氣還不錯嘛，但這樣就更說不過去了。讓阿克婭大人和看起來這麼優秀的兩位成員在馬廄過夜，你自己都不覺得羞恥嗎？剛才也提過，你的職業還是最弱的冒險者對吧。」

光聽這個傢伙的形容，總覺得我所處的環境好像相當優渥呢。

在沒有來往過的旁人眼中看來，我有這麼幸運啊。

我在阿克婭耳邊說：

「吶、吶，在馬廄過夜對於這個世界的冒險者來說不是一般行情嗎？為什麼這個傢伙會這麼生氣啊？」

「那個啊，我想應該是他在移民到異世界來的時候附贈的是魔劍，然後靠著魔劍從一開始就接了一大堆高難度任務，至今都不曾為錢煩惱過吧……不過，得到能力或裝備的人類，大致上都是這樣就是了。」

聽了阿克婭的回答，我不禁在肚子裡燃起一把無名火。

靠著平白無故得到的魔劍在這個世界活到現在都沒吃過苦的傢伙，憑什麼一副高高在上的樣子，對著從頭開始努力的我說三道四的啊？

也沒察覺我心中的這番怒意，御劍面對阿克婭、達克妮絲還有惠惠，像是在同情她們似地，用帶著憐憫的表情笑著說：

「妳們到目前為止應該吃了不少苦頭吧。從今以後，就跟我一起行動吧。當然，我是不會讓妳們睡馬廄的，也會幫妳們買齊各種高級的裝備。話說，這樣就小隊的平衡而言也是非常不錯。有我這個劍術大師、我的戰士同伴，還有妳這個十字騎士；再加上我的盜賊同伴，還有那位大法師跟阿克婭大人。多麼完美的小隊組合啊，簡直就像是上天註定好的一樣。」

哎呀，沒算上我耶。

不，我當然也不想加入這個男人的小隊就是了。

聽了御劍自以為是的提議，我的三位同伴開始竊竊私語。

御劍雖然是個自我中心又自恃為勇者的傢伙，不過他所提出的待遇倒是不壞。

而且，比起跟我一起行動，跟御劍一起走應該更容易達成阿克婭討伐魔王的心願吧。

必須打倒魔王，阿克婭才能夠回到天界。

雖然是我把她當成移居異世界的附贈品帶來這裡的，不過就算是跟著其他轉移者完成討伐魔王的大業，天界那邊應該也會讓她回去才對。

我心想，條件這麼好的話阿克婭她們應該也會心動才是，所以豎起耳朵聽著她們在背後的對話，結果……

「我覺得有點糟糕耶。那個人真的糟到讓我很倒彈耶。而且話都是他在講，甚至還有點自戀傾向，讓我覺得怕怕的。」

「怎麼辦，不知怎地，我有種生理上無法接受那個男人的感覺。我明明是喜歡被動甚過主動的人，但就只有那個傢伙讓我看到就很想扁他。」

「我可以出招嗎？我可以往那個沒吃過苦、裝模作樣的菁英分子臉上，發個爆裂魔法嗎？」

哎呀，她們對你毫無好評呢御劍先生。

接著，阿克婭拉了拉我的衣襬說：

「吶，和真，我們趕快去公會好不好？雖然給了他魔劍的人是我，可是我覺得不要跟那個人扯上關係比較好。」

老實說他實在讓人很火大，不過現在還是照阿克婭說的趕快離開才對。

「那個——我的同伴們好像都不想加入你的小隊一起行動耶，所有人的意見都一致。我們還得去回報完成的任務，就此告辭了……」

說著，我牽著拖了籠子的馬，準備離開。

…………

「……麻煩讓開好嗎？」

對於擋在我面前的御劍，我一派煩躁地這麼說。

怎麼辦，他是那種壓根不聽人說話的傢伙啦。

「不好意思，阿克婭大人賜予了我魔劍，看見賦予我力量的恩人淪落到這種地步，我可不能坐視不管。你無法拯救這個世界，要打倒魔王的是我。跟我一起來肯定對阿克婭大人比較好……你說，你在選擇要帶來這個世界的東西時，挑了阿克婭大人對吧？」

「……是啊。」

以漫畫上常見的劇情來說，我完全可以想見接下來的發展。

接下來，這個傢伙，肯定會…………！

「既然如此，要不要跟我比個高下？你指定了阿克婭大人，當成你帶來的『東西』對吧？如果我贏了，你就把阿克婭大人讓給我；如果你贏了，我可以答應你一件事，任何事情都可以。」

「好，我接受！你接招吧！」

正如我所預料。

忍耐也差不多已經到了極限的我，二話不說就攻了過去。

我抓動著左手，同時以右手將短劍連同劍鞘拔起，立刻攻擊。

先發制人，這才沒什麼好卑不卑鄙的！

而且握有魔劍的高等級劍術大師，向裝備貧乏的新手冒險者挑戰才叫做卑鄙吧！
御劍似乎也沒想到他才剛提議，我就會在回話的同時砍向他吧。
「咦？等等！且慢……！」
御劍顯得頗為慌亂，但不愧是高等級的冒險者。
他立刻拔出魔劍橫擺，並準備藉此擋住我的短劍。
在右手上的短劍即將撞上魔劍的那一剎那，我伸出左手……！
「『Steal』————！」
在吶喊的同時，我的左手感覺到長劍沉甸甸的重量。
哎呀，好像一下子就抽到大獎了呢。
御劍準備擋下我的短劍而舉起的魔劍，從他的手上消失了。
「「「啥？」」」
不知道是誰發出了這聲有些蠢的驚呼。
或許是在場除了我以外的所有人吧。
在我搭配了竊盜技能的攻勢之下，無計可施的御劍，就只能乖乖被我揮落的短劍狠狠擊中頭部。

「卑鄙小人！卑鄙小人卑鄙小人卑鄙小人——！」

「你很爛耶！簡直爛透了，你這個卑鄙小人！就不能光明正大地分個高下嗎！」

御劍的同伴，兩名少女如此責罵我。

我聽了卻是甘之如飴。

儘管隔著劍鞘，被有點重量的短劍重擊頭部的御劍還是翻了白眼躺在地上，模樣相當可笑。

我對著向我抗議的那兩個跟班片面做出宣言。

「總之我贏了。這個傢伙剛才說，要是他輸了可以答應我任何事情對吧？那麼，我就拿走這把魔劍了。」

聽我這麼說，其中一個跟班激動了起來。

「什麼？你、你在說什麼傻話啊！而且，那把魔劍只有響夜可以用，魔劍可是會挑主人的。那把劍已經認同響夜是它的主人了喔！魔劍的庇祐不會在你身上起作用！」

聽那個少女自信滿滿地這麼說，我轉頭看向阿克婭。

「……真的嗎？我沒辦法用這把戰利品？才想說好不容易拐到一樣強力的裝備了耶。」

「是真的。很遺憾的，魔劍格拉墨是那個讓人很倒彈的傢伙專用的武器。裝備之後可以得到超越人類極限的臂力，魔劍本身也是能像切菜切瓜一樣斬斷鐵石的利器，但到了和真手上的話就只是一把普通的劍喔。」

竟有此事……

不過難得弄到這種好東西，還是帶走好了。

「那我走囉。那個傢伙醒了之後告訴他，是他說要分個高下的，不准有怨言……好了，阿克婭，我們去公會回報吧。」

說完，我才轉過身，御劍的兩個少女同伴便對我舉起武器。

「你你你、你給我站住！」

「把響夜的魔劍還來。我們才不承認你這種贏法！」

於是，我朝兩名少女舉起手，不住抓動給她們看。

「妳們想動手是無所謂，不過我可是真正的男女平等主義者，是個敢用飛彈踢對付女生的公平男人。不要以為我會對妳們手下留情喔！應該說，既然是對付女生，小心我用『Steal』在大庭廣眾之下讓妳們好看。」

兩名少女看著我的手，或許是感覺到自身的安危在某種意義上相當堪慮，一臉不安地向後退。

「「「嗚哇啊…………」」」

而同伴們看著這樣的我也有點輕蔑，讓我覺得她們的視線刺痛了我。

我們拖著借來的籠子，總算回到公會來了。

因為決定將報酬全部讓給阿克婭，我將回報任務完成的工作交給阿克婭她們，自己則是牽馬去還，順便拿著我的戰利品——那把魔劍繞到某個地方去，之後才晚大家一步來到冒險者公會前面。

…………然而……

「為、為什麼————！」

阿克婭的大嗓門從公會裡傳了出來。

那個傢伙是不是走到哪裡都得先引起騷動再說才甘心啊。

我走進公會，看見的是眼角噙淚的阿克婭揪著公會的職員。

「所以我不是說了嗎，跟你們借的那個籠子又不是我弄壞的！是一個叫御劍的傢伙折彎了鐵柵！為什麼是我得賠償啊！」

原來如此，這麼說來那個傢伙好像是不分青紅皂白地折彎了鐵柵想要救阿克婭。

而現在阿克婭得代為賠償那個壞掉的籠子是吧。

之後阿克婭還是堅持了一下，但最後大概是死心了吧，這才拿著報酬，拖著沉重的步伐，走到我們這桌來。

「……這次的報酬，扣掉壞掉的籠子的賠償金，剩下十萬艾莉絲……她們說那個籠子是用特殊的金屬和製程打造的，所以要二十萬……」

見阿克婭那麼沮喪，連我都有點同情她了。

御劍這件事對阿克婭來說，真是天外飛來的一筆橫禍。

「下次遇見那個男人，我絕對要讓他吃一記神光拳！而且還要他吐出籠子的賠償！」

阿克婭坐到位子上，用力捏著菜單，咬牙切齒地這麼說。

以我個人來說，實在是不想再見到那個傢伙就是了。

……就在阿克婭依然心有不甘地鬼吼鬼叫時。

「原來你在這裡！我找你找得好苦啊，佐藤和真！」

我們才剛提到的御劍，正好帶著他的兩位少女跟班出現在公會的入口。

突然大聲叫了我根本沒告訴他的全名，御劍大步走到我們這一桌旁邊，雙手用力地拍在桌子上。

「佐藤和真！我向一個女盜賊打聽有關你的事情，她立刻就全都告訴我了。聽說你最愛亂脫女生的內褲。除此之外，你最大的興趣是讓女孩子渾身沾滿黏液，很多人都在流傳有關你的事情呢，你這個鬼畜和真。」

「等一下，是誰在傳這種風聲給我說清楚。」

盜賊是誰我心裡有數，問題在於除此之外的部分。

居然在我不知道的地方傳那種謠言，還在我的名字前面冠上鬼畜二字……！

正當御劍一臉認真地逼近我時，阿克婭晃到他面前。

「……阿克婭大人。我向您發誓，向這個男人討回魔劍之後，我必定會打倒魔王。所以……所以還請您加入我的行列，和我一起組嗚噗……！」

「「啊啊！響夜！」」

被阿克婭默不吭聲地揍了一拳，御劍飛了出去。

御劍的兩名少女同伴連忙跑到倒在地上的他身邊。

御劍一臉不知道為何會被揍的表情，而阿克婭接著大步走向他，一把揪住他的領口，說道：

「你弄壞了那個籠子就給我賠錢！都是你害我還得賠償那個籠子！因為那個籠子是用特別的金屬和製程打造的東西，要價三十萬耶，三十萬！聽到沒，趕快把錢拿出來！」

剛剛妳說那個籠子是二十萬來著吧？

才被揍飛還沒來得及站起來，受到阿克婭震懾的御劍，只能維持坐倒在地上的姿勢，乖乖地從錢包裡掏出錢來。

從御劍手上接過錢，一臉滿意的阿克婭便再次拿起了菜單。

御劍也重新振作起來，一邊看著一手拿著菜單、開心地叫店員來的阿克婭，一邊心有不甘地對我說：

「……即使我是敗在那種手段之下，但輸了就是輸了。然後，明明說可以答應你任何事情，現在卻這麼拜託你確實是相當自私，這我也明白……但是，算我求你！能不能把魔劍還給我？那把劍你拿了也派不上用場，即使拿來用，也只是比尋常的劍鋒利一點，你能夠發揮的威力只有這種程度……如何？如果你想要劍的話，我可以買店裡最好的劍送給你……能不能請你還給我？」

他本人自己也說了，這確實是相當自私的要求。

再怎麼不中用，阿克婭好歹也是跟著我過來的附贈品，是作為我決定移居這個世界而應得的待遇。

換句話說，我賭的東西和御劍擁有的魔劍可以說是價值相當。

不過如果要問我阿克婭的價值是否相當於魔劍，我也只能拒絕回答就是了。

「擅自把我當成獎品，輸了就說我買把好劍給你、你把魔劍還給我，哪有這麼好康的事？還是說，你覺得我的價值只和店裡面最貴的劍差不多？無禮之徒，無禮之徒！人家好歹也是女神，居然擅自拿來打賭，你到底在想什麼啊？我不想再看到你的臉了，閃一邊去。快點啦，閃邊閃邊！」

阿克婭一手拿著菜單，另一手則是揮了揮，不但示意要趕他走，嘴上還一邊這麼說著，讓御劍頓時臉色蒼白。

沒辦法，誰叫他擅自那樣搞現在又來這招，也難怪阿克婭會生氣。

「請請請、請等一下阿克婭大人！我並不是將您看得那麼廉價……！」

正當御劍急著解釋時，惠惠拉了拉御劍的袖子。

「……？怎麼了嗎，小姑娘……嗯？」

得到御劍的注意之後，惠惠指了指我。

正確說來，是我的腰際。

「……先提醒你一下，魔劍已經不在這個男人身上了。」

「！」

聽她這麼一說才察覺到這件事的御劍……

「佐、佐藤和真！魔劍呢？你你你、你把我的魔劍拿去哪了？」

他冒出了滿臉冷汗，抓著我如此追問。

我只回答了三個字。

「賣掉了。」

「該死的傢伙————！」

御劍便哭著衝出公會去了。

「……那個傢伙到底是怎樣啊……話說回來，從剛才開始，他就一直稱呼阿克婭為女神，到底是怎麼回事？」

當御劍淚奔離開公會之後。

剛才的騷動引來冒險者們好奇的眼光，在這樣的狀況下，達克妮絲這麼問。

……也對，剛才提了那麼多次女神這個字眼，她會這麼問也是很正常的。

不，還是乾脆就趁這個機會，告訴惠惠和達克妮絲好了？

我看向阿克婭，那一副明白了我想說些什麼的模樣，阿克婭點了點頭。

然後，阿克婭露出少見的認真表情，面對了達克妮絲和惠惠。

達克妮絲和惠惠也察覺到阿克婭的感覺不太一樣，正襟危坐地準備認真聽她說……

「之前一直沒告訴妳們，但我決定說了……我是阿克婭。是阿克西斯教團所崇拜的女神，掌管著水……沒錯，我就是那位阿克婭女神……！」

「「……的這樣的夢，妳夢到了嗎？」」

「不是啦！而且妳們兩個異口同聲是怎樣！」

……果然會變成這樣嗎……

就在這個時候。

『緊急廣播！緊急廣播！所有冒險者請注意，聽到廣播請立刻全副武裝，成戰鬥狀態到城鎮的正門集合——！』

告知緊急狀況的熟悉廣播聲響大作。

「又來了喔……？最近很多這種緊急集合耶。」

不去行不行啊？

我知道大概是不行啦，可是才剛跟御劍鬧過那麼一陣，好懶喔……

就在我一臉倦怠地趴倒在桌上的時候。

『緊急廣播！緊急廣播！所有冒險者請注意，聽到廣播請立刻全副武裝，成戰鬥狀態到城鎮的正門集合！……尤其是冒險者佐藤和真先生以及其同夥，請盡速前往現場！』

「…………咦？」

廣播剛才說了什麼？

第四章

解決這場不像話的戰鬥！

1

我連忙趕到正門前。

以裝備輕便的我為首，阿克婭和惠惠也已經抵達門前，只剩下重裝備的達克妮絲還沒到而已。

「喔，果然沒錯。那個傢伙又來了。」

我們抵達正門前時，已經有許多冒險者聚集在那裡了。

而那個傢伙就在眾多新手冒險者們遠遠觀望的正門前。

沒錯，就是那個魔王軍幹部，無頭騎士。

發現先來的冒險者們臉色都很難看，我原本還有點好奇，然而看見無頭騎士身後的狀況，我就理解到是怎麼回事了。

今天和上一次不同，他帶了一大票怪物來。

是一群穿著已經鏽蝕的破爛鎧甲的騎士。

鎧甲和頭盔的裂縫當中隱約可見的是，要是仔細盯著看大概會有好一陣子吃不下飯，甚至可能會造成心靈創傷的腐爛肉體。

一眼就看得出來，那些鎧甲騎士都是不死者。

無頭騎士一看見我和惠惠，劈頭就是大吼。

「為什麼沒來城堡，你們簡直不是人——————！」

我走上前護住惠惠，然後詢問無頭騎士。

「這個嘛……你問我們為什麼沒去城堡，可是為什麼我們非去不可？還有，『不是人』又是從何說起來著？我們都已經沒去施放爆裂魔法了，你幹嘛那麼生氣啊。」

聽我這麼說，憤怒的無頭騎士忍不住將他抱在左手上的東西準備往地上一砸……這才想起那是自己的頭，便連忙抱回側腹的位置說：

「已經沒來施放爆裂魔法了？你說已經沒來了？睜眼說什麼瞎話啊你！那個腦袋有問題的紅魔族少女，在那之後還是每天都來從沒間斷過啊！」

「咦？」

聽他這麼說，我看向身旁的惠惠。

惠惠迅速別開視線。

「…………妳有去是吧。我明明叫妳別去了，後來妳還是一直有去是吧。」

「痛痛痛痛痛痛、會痛、會痛啦！不是啦，和真你聽我解釋！不久之前，光是在空無一物的荒野施展一下魔法我就可以滿足了……！可是，自從知道了以魔法攻擊城堡的魅力之後，我的身體就變得只願意接受又大又硬的東西……！」

「不要忸忸怩怩地說這種台詞好嗎！再說，妳施放了魔法之後就會動彈不得了不是嗎！這就表示有共犯跟妳一起去對吧！到底是和誰…………」

我擰著惠惠的臉頰這麼說，這次輪到阿克婭迅速別開視線了。

…………

「是妳對吧——————！」

「哇啊啊啊啊啊——！因為因為，那個無頭騎士害我們無法正常接任務，我一直很想洩憤嘛！我之所以得每天挨店長的罵，都是他害的！」

在打工的地方挨罵是因為妳自己工作不認真吧。

正當我一把從後領抓住企圖落跑的阿克婭時，無頭騎士繼續說了下去：

「我之所以如此怒上心頭也不是只為了爆裂魔法這件事！你們難道沒有想要拯救同伴的

念頭嗎?別看我這樣,在為了不當的理由遭到處刑,因怨念而化為如此的怪物之前,我也自認是個堂堂正正的騎士。在我看來,為了保護同伴而受到詛咒的那位十字騎士,可以說是騎士的典範,然而你們居然對她見死不救…………!」

無頭騎士說到這裡的時候。

穿好一身喀嚓作響的沉重鎧甲、姍姍來遲的達克妮絲,悄悄站到我身邊來。

無頭騎士,和聽他讚揚自己為騎士的典範而害羞地紅著臉的達克妮絲對上了眼。

「……哈、哈囉……」

達克妮絲顯得有點歉疚,畏畏縮縮地向無頭騎士舉起一隻手,打了招呼……

「………………這、這是怎樣——————?」

看見她的動作,無頭騎士嚇得放聲怪叫。

因為有頭盔擋住,看不見他的表情,不過大概是一臉「為何?」的模樣吧。

「什麼什麼?對達克妮絲下了詛咒之後已經過了一個星期,她卻還是活蹦亂跳的,讓他大吃一驚了嗎?這個無頭騎士還以為我們肯定會為了解除詛咒到城堡去,一直在等我們嗎?就連他回去之後,詛咒就被我三兩下解除掉了也不知道嗎?噗哧哧!也太好笑了吧!真是超——好笑的！」

阿克婭一副樂不可支的樣子，指著無頭騎士咯咯笑個不停。

無頭騎士的表情還是一樣看不清，但見他的肩膀抖個不停，肯定是相當憤怒吧。

不過，既然阿克婭都解除了詛咒，又知道肯定是設了陷阱，我們當然沒有理由刻意跑到那麼危險的地方去。

「……喂，妳這個傢伙。要是我認真起來的話，能力足以砍殺這個城鎮的所有冒險者，再殺光鎮上的居民。不要以為我會一直放過你們喔！我的不死之身，從不知疲憊為何物，憑你們這些菜鳥冒險者根本傷不了我！」

阿克婭的挑釁終究是讓對方的忍耐到了極限，無頭騎士散發出危險的氣息。

但是，在無頭騎士有所行動之前，阿克婭已經伸出右手大喊：

「該說沒有理由放過你的人是我才對！這次我可不會讓你逃走了。明明是個不死者卻這麼引人注目，實在太囂張了！消失不見吧，『Turn Undead』！」

阿克婭伸出的手上，發出一陣白光。

但是，即使看見阿克婭施展了魔法，無頭騎士卻一副像是中了那種東西也不怕似的，絲毫沒有要閃躲的樣子。

不愧是魔王軍的幹部，看來他相當有自信。

以阿克婭為中心所發出的柔和光芒，已經逼近到無頭騎士的身體上……！

「妳以為魔王軍的幹部會在沒有做好對付祭司的準備的狀況下就上戰場嗎？太可惜了。以我為首，本大爺所率領的這群不死騎士軍團，都得到了魔王陛下的庇祐，對於神聖魔法可是有相當高強的抗性呀啊啊啊啊啊啊啊啊啊啊啊啊啊——！」

無頭騎士承受了魔法之後，碰到光的部分冒出黑煙。

原本自信滿滿的無頭騎士，身體到處都冒著黑煙，眼看他渾身顫抖著，站都快站不穩，卻還是硬撐住了。

阿克婭見狀大叫：

「吶、吶，和真！好奇怪，對他沒用耶！」

不，在我看來相當管用啊，他都「呀啊——」地叫成那樣了……

無頭騎士踉蹌著腳步說：

「哼、哼哼哼……別人在說明要聽到最後啊。我是貝爾迪亞，魔王軍的幹部之一，無頭騎士貝爾迪亞！有魔王陛下特別加持過的這身鎧甲，再加上我的力量，一般祭司的『Turn Undead』對我完全沒用！……應該要完全沒用才對…………吶、吶，我問妳，妳現在等級是多少？妳真的是新人嗎？這個城鎮是新人聚集的地方沒錯吧？」

說著，無頭騎士將手上看著阿克婭的頭顱往一旁傾斜。

這算是做了一個歪頭的動作吧。

「……也罷。我之所以會來這裡，原本是因為我們的占卜師嚷嚷著說有一道強烈的光芒在這個城鎮附近墜落，我才會過來調查……但我開始覺得麻煩了，乾脆將這個城鎮連根剷平算了……」

說話開始跟胖●一樣不講理的貝爾迪亞，左手抱著自己的頭，然後高舉起空著的右手。

「哼，對付你們不需要我特地出手……上吧，弟兄們！讓這些瞧不起我的傢伙見識一下什麼叫做地獄！」

「啊！那個傢伙肯定是因為阿克婭的魔法出乎意料地起了作用而嚇到了！他打算叫部下攻擊我們，自己一個逃到安全的地方去！」

「才才才、才不是！我一開始決定好的戰術就是這樣！魔王軍的幹部怎麼可能是會獨自落跑的軟腳蝦！哪有頭目一開始就上場的，當然是要先解決小兵才能站到頭目面前，這可是自古以來的傳統和……」

「『Sacred Turn Undead』——！」

「噫啊啊啊啊啊啊啊啊啊啊——！」

貝爾迪亞的話才說到一半，就因為阿克婭施展的魔法而放聲慘叫。

貝爾迪亞腳邊浮現出一個白色的魔法陣，魔法陣當中冒出一道直通天際的光柱。

貝爾迪亞的鎧甲上到處冒出黑煙，接著他像是想要撲滅身上的著火般倒在地上打滾。

阿克婭一副驚慌失措的樣子說：

「怎、怎麼辦啊和真！果然還是很奇怪！我的魔法對那個傢伙一點也不管用！」

他都「噫啊——」地慘叫成那個樣子了，我覺得相當管用啊。

不，原本的「Turn Undead」應該可以一舉消滅不死者才對。

然而…………

「混、混帳……！別人在講台詞的時候就該讓他說到最後！夠了！喂，弟兄們……！」

儘管全身上下到處冒著黑煙，貝爾迪亞還是緩緩站了起來，舉起右手……

「將這個鎮上的人們……統統殺光！」

然後將右手向下一揮！

2

不死騎士。

那是比殭屍再高上一個階級的怪物。

儘管是破爛的鎧甲，但裝備著防具的他們，對於新手冒險者而言已經足以構成威脅了。

「喔哇——！祭司！快叫祭司過來——！」

「誰快去艾莉絲教的教會要聖水，有多少就要多少來——！」

在冒險者們急切的呼喊聲四起之中，不死騎士們攻進城鎮當中來了。

冒險者們也試圖準備迎戰他們。

同時，像是在嘲笑他們似的，貝爾迪亞放聲大笑……！

「哼哈哈哈哈，來吧，讓我聽聽你們絕望的……慘……叫……？」

……在他的大笑聲中。

「哇、哇啊啊啊啊——！為什麼只找我一個？我、我明明是女神耶！我是神明，所以平常做的應該都是善事才對啊！」

「啊啊！太、太狡猾了！我才是平常真的都在做善事的人，為什麼不死騎士全都跑到阿克婭那邊去了……！」

阿克婭大聲說著一點也不像神明該說的話，而達克妮絲則是一臉羨慕地大聲說著讓人不知道該說什麼的話。

不知為何，不死騎士們沒對鎮上的居民們下毒手，而是一股腦地追著阿克婭到處跑。

「你、你們在做什麼！不要只顧著追那個祭司，要用其他冒險者和居民來血洗這個城鎮啊……！」

貝爾迪亞見狀，焦急地大喊。

我在想，或許是那些沒有自我意識、在現世徘徊的下級不死者，為了尋求救贖，而出自本能地聚集到身為女神的阿克婭身邊吧。

雖然無法確定不死者們為何會對阿克婭窮追不捨，但現在是個大好機會！

「喂，惠惠，妳能不能朝那群不死騎士施展爆裂魔法？」

「咦咦！這裡是城鎮裡面，而且他們那麼分散，很有可能會有漏網之魚耶……！」

這時。

「哇啊啊啊啊，和真先生——！和真先生——！」

阿克婭帶著大群不死騎士，朝我這邊衝了過來。

喂……！

「妳這個笨蛋！喂，別這樣，不要過來這邊！引到別的地方去，我今晚就請妳吃飯！」

「晚餐我請，你幫我解決這些不死者啦！這些不死者好奇怪！用了『Turn Undead』也無法消滅他們啊！」

可惡，那就是貝爾迪亞說的，魔王的庇佑是吧……！

不，等等，等一下喔……？

「惠惠，妳先到城鎮外面詠唱魔法待命——！」

「咦咦？遵……遵命！」

我大聲地對惠惠這麼喊了之後，便帶著向我跑來的阿克婭往城鎮外面衝出去。

路上還刻意經過正在和不死騎士戰鬥的冒險者附近，並盡可能多讓幾個不死騎士跟著阿克婭……

然後……！

「和真先生——！我、我後面是怎樣啊！怎麼好像整個鎮上的不死騎士全部都跟過來了啦——！」

我回頭一看，跟在阿克婭身後的不死騎士已經變成一大群了。

我和阿克婭離開城鎮，不死騎士們也跟著衝了出來，就在這個瞬間。

「惠惠，快動手——！」

在我的口令之下，惠惠拿下眼罩，舉起法杖，雙眼閃現光芒。

「真是個絕佳的狀況！感謝你，真是太感謝你了和真！……吾乃惠惠！乃紅魔族首屈一指的魔法師，使用的乃是爆裂魔法！魔王軍的幹部，貝爾迪亞啊！好好見識一下吾的力量

吧！『Explosion』————！」

惠惠最拿手的爆裂魔法，在不死騎士大軍當中引爆！

3

爆裂魔法在城鎮的正門前面製造出一個巨大的隕石坑，將不死騎士們全都炸飛，一隻也不剩。

就在所有人都因為魔法的威力而處於無言的寂靜當中。

「哼、哼、哼……看來目睹了吾的爆裂魔法之威力，所有人都說不出話來了呢……呼啊啊……包括說台詞在內，實在是……太爽快了……」

可以聽見惠惠驕傲地這麼說。

「…………要我揹妳嗎？」

「啊，拜託你了。還有，我施展得太滿足所以動不了了，可以幫我戴一下眼罩嗎？」

在離我稍有距離的地面。

用盡魔力的惠惠就趴在那裡。

我抱起惠惠，幫她戴好眼罩之後，就把她揹到背上。

「嘴裡……嘴裡都是沙……」

距離不死騎士們最近的阿克婭哭喪著臉，一邊「呸、呸」地吐出口中的沙土，一邊朝我走了過來。

好像是因為爆裂魔法的餘波害她摔倒在地上了吧。

爆炸揚起的煙塵尚未平息，全鎮的冒險者們已經開始歡呼了。

「唔喔喔喔喔喔喔喔！真有妳的啊，腦袋有問題的女孩！」

「腦袋有問題的紅魔族女孩幹掉它們了！」

「原來妳不只是名字很奇怪跟腦袋有問題，該表現的時候還是很厲害嘛，我對妳刮目相看了！」

聽見鎮上傳出的歡呼聲，惠惠在我背上不停扭動著。

「不好意思，我想對那些人發個爆裂魔法，請帶我到他們那邊去。」

「妳的魔力都已經用光了吧。今天妳立了大功，儘管拿出自信、抬頭挺胸，好好休息吧……辛苦妳了。」

聽我這麼說，惠惠安心地緊緊抓住了我。

當然，我的背也就碰到了軟軟的東西……

軟軟的……東西…………？

……原則上她是挺著胸膛貼在我背上沒錯，但我卻完全沒有感覺到類似的觸感……

……好吧，畢竟是個小蘿莉，這也是沒辦法的事。

「紅魔族的智能非常高喔。」

惠惠突然在我背上這麼說。

「……要不要我猜猜看和真現在在想什麼啊。」

「……我在想，穿著衣服的惠惠看不出來這麼豐滿。」

這番一聽就知道是言不由衷的說詞，讓惠惠試圖動手掐我的脖子。

然後，在城鎮的入口處，貝爾迪亞盯著這樣的我們看。

正確說來，是在看我背上的惠惠。

終於，貝爾迪亞的肩膀開始顫抖。

是因為他的不死者手下們被殲滅，他生氣了嗎？

…………不。

「呼哈哈哈！有意思！太有意思了！沒想到我的部下真的會在這種新手聚集的城鎮遭到殲滅啊！好，那我就遵守約定！」

……喂，等一下喔你。

喂，等等！

「就由本大爺我來親自對付你們吧！」

站在城鎮入口的貝爾迪亞舉起大劍，朝我們這邊衝了過來！

4

早在貝爾迪亞抵達我們身邊之前。

許多拿著武器的冒險者為了掩護被他盯上的我們，隔著一段距離包圍了貝爾迪亞，一步一步逼近他。

貝爾迪亞見狀，一隻手拿著頭，一隻手拿著劍，愉快地聳了聳肩……

「……喔——？我最優先的目標是那邊那兩個人才對……不過……哼哼，萬一讓你們僥倖打倒了我，相信可以得到相當大的一筆報酬吧……來吧，夢想著一夕致富的新手冒險者們。你們全都一起上吧！」

聽他提到一夕致富，正在縮小包圍網的冒險者們開始議論紛紛。

然後，一個看似戰士的男子……

「喂，無論他再怎麼強，背後也沒長眼睛！圍起來同時攻擊吧！」

在貝爾迪亞的側面向周遭的冒險者如此大喊。

這很顯然是立了死亡旗吧。

「喂，對手可是魔王軍的幹部啊，用那麼單純的戰術哪有可能打倒他啦！」

我如此警告那個說了犧牲者才會說的台詞的男戰士。

同時，為了準備支援他們，我也拔出劍……

…………不，仔細想想啊。即使等級超低的我砍了過去，結果也是顯而易見。

更重要的是，現在我還得將背上的惠惠帶到安全的地方去……

……帶到安全的地方去，然後呢？

惠惠已經沒有魔力了。

阿克婭的魔法也無法造成致命性的打擊。

……乾脆直接叫大家一起逃跑比較好吧？

正當我想著這些時，包圍著貝爾迪亞的男性戰士已經準備進攻了……！

「能夠爭取到時間就夠了！聽到緊急廣播之後，這個城鎮的王牌一定會立刻趕過來！只要那個傢伙來了，即使是魔王軍的幹部也得完蛋！喂，弟兄們，咱們一起上！一定可以製造出他的死角！前後左右一起上啊！」

面對在如此大喊的同時攻上前去的男子，貝爾迪亞將原本單手捧著的頭顱，朝空中高高拋起。

……這個城鎮的王牌？

他口中的「那個傢伙」不知道是誰，這個城鎮有這麼個能力高強的知名冒險者嗎？

在我想著這些的時候，貝爾迪亞拋起的頭顱已經高高飛上了天，並且面對著地上。

看見這一幕的那一剎那，我背脊一涼。

不只我一個，在周圍看著的冒險者們似乎也察覺到了。

「快收手！別過去……」

我如此大喊，試圖阻止那些我連名字也不知道的冒險者們……

然而貝爾迪亞像是背後長了眼睛似的，一一躲過同時砍向他的冒險者們的攻擊。

「咦？」

這是砍向他的冒險者發出的聲音。

不知道到底是哪個冒險者發出來的。

輕易閃過所有攻擊的貝爾迪亞，將原本以單手握住的大劍重新以雙手握好……

才一眨眼，貝爾迪亞就已經將砍向他的所有冒險者，全都擊倒了。

不久之前還活著的人，在我的眼前瞬間就失去了性命。

如此毫無道理可循的狀況，讓我體認到這個世界的現實。

那是男人們癱軟倒地的聲音。

貝爾迪亞滿足地聽著這樣的聲音，朝上舉起一隻手。

他的頭顱安然落在自己的掌中。

像是不覺得這一連串的動作有什麼似的，貝爾迪亞一派輕鬆地說了：

「下一個是誰？」

當在場的冒險者們無不因這句話而膽怯時。

一個女孩尖聲說了：

「像、像你這種這種貨色……！像你這種貨色，等御劍先生來就能一刀砍死你了！」

…………咦？

我的腦袋不禁停止運轉。

她說的御劍，是魔劍被我搶走、還拿去賣掉了的那個……

「是啊，我們再撐一下就可以了！等那位魔劍士小哥來了，即使是魔王軍的幹部肯定也……！」

「你叫貝爾迪亞是吧？告訴你！這個城鎮也是有等級高又厲害的冒險者啊！」

……慘了，這下真的慘了。

我一臉蒼白地看向阿克婭，但阿克婭的身影已經從她剛才待的地方消失了。

除了御劍以外，眾人當中能力唯一足以當成王牌的阿克婭，看也不看與冒險者們對峙的貝爾迪亞一眼，跑到遭砍殺的冒險者們的屍體旁邊，也不知道到底想做什麼，雙手緊緊貼著屍體。

或許是作為女神使然，她也想為死者們超渡吧。

大家看見穿著堅固鎧甲的冒險者們全都被一刀斃命，已經沒有人想要站到悠然而立的貝爾迪亞身前，與之對抗了…………

「……喔？接下來要換妳當我的對手了嗎？」

左手拿著頭顱，右手拿著劍的貝爾迪亞。

他看見達克妮絲擋在自己面前，護著我和惠惠，似乎覺得相當有意思，就將手上的頭顱朝她遞了出來。

雙手舉著自己的大劍擺出架勢，將我們兩個護在自己身後的達克妮絲，那副模樣已經不再是個變態，而是到哪都能夠獨當一面的十字騎士。

或許是因為見識到阿克婭和惠惠的力量，猜想達克妮絲恐怕也有什麼過人之處吧。貝爾迪亞維持著與達克妮絲對峙的態勢，保持警戒，動也不動。

達克妮絲厚實的白色鎧甲在陽光底下閃閃發亮，和貝爾迪亞的黑色鎧甲正好形成對比。

剛才攻向貝爾迪亞的冒險者們也都穿著鎧甲。

但是，這個魔王軍幹部卻還是將他們連同身上的鎧甲一起砍傷。

平常總是自信滿滿地誇稱自己比誰都堅硬的達克妮絲，不知道是不是能夠抵禦得了貝爾迪亞的攻擊。

正當我想著到底應不應該阻止達克妮絲時，或許是察覺到我的煩惱了吧，達克妮絲帶著自信，如此宣言：

「放心吧，和真。論耐打的話，我是不會輸給任何人的。而且，技能對於我所持有的武器和鎧甲也有效用。貝爾迪亞手上的確實是一把好劍，但是，光是如此，你覺得有可能將金屬鎧甲像是切紙一樣斬開嗎？由剛才遭到砍殺的那些冒險者看來，貝爾迪亞應該學了很強的攻擊技能。我倒要來比比看，那和我的防禦技能孰優孰劣！」

今天的達克妮絲難得充滿了攻擊性。

不過，即使能成功防禦，妳的攻擊也打不到人不是嗎？

「別這樣。那個傢伙不只攻擊凌厲，閃躲也相當高明不是嗎？那麼多冒險者一起進攻都打不到他了，笨拙的妳更別想打中了吧。」

聽我這麼說，達克妮絲還是紋風不動，持續與貝爾迪亞對峙著。

「……身為聖騎士…………身為以守護為天職的人，有些事情還是無論如何都不能退讓的啊，讓我保護你們吧。」

雖然我不知道是什麼樣的事情，但達克妮絲似乎也有著她不願退讓的理由。

我一時無話可說，達克妮絲便維持著正面的架勢，朝貝爾迪亞衝了出去！

「喔！妳要主動進攻啊！身為無頭騎士，對上聖騎士也是無可厚非。好，來吧！」

貝爾迪亞準備迎擊。

看見達克妮絲雙手握著大劍，貝爾迪亞似乎不想硬接，壓低身子，擺出閃躲的架勢。

而面對貝爾迪亞此舉，達克妮絲使盡渾身解數，舉起大劍……！

……然後好像是目測距離時出了錯，斬擊就這樣落在貝爾迪亞腳尖前幾公分的地方。

「…………啥？」

貝爾迪亞頓時像是沒了勁似地冒出這麼一聲。

接著他就呆然地看著達克妮絲，而其他冒險者們也都對達克妮絲投以同樣的視線。

……真是夠了。居然連攻擊靜止不動的對手都可以揮空，太丟臉了！

這孩子，可是我的夥伴！

之前聽說過，門外漢拿刀大力亂砍的話，有時候會不小心砍到自己的腳。不過再怎麼說，這也太……

攻擊落空的達克妮絲一副砍不中乃是家常便飯的樣子，向前踏了一步，招式一轉，使出一記橫掃。

大概是因為先前耍帥成那樣卻揮了空有點不好意思，她的臉頰有些泛紅。

看來這招的角度是砍得中，但貝爾迪亞將身子壓得更低，輕身閃過。

「看來我的期待落空了。夠了……那麼……」

貝爾迪亞的口吻像是嫌對手太無聊似的，舉起劍，朝達克妮絲從斜上往下隨手一砍。

「好了，下一個……是…………………啥？」

相信貝爾迪亞原本應該有必殺的自信才對。

然而，他的劍卻只是在達克妮絲的鎧甲表面留下一大道刮痕，發出刺耳的聲音而已。

達克妮絲暫時拉開和貝爾迪亞之間的距離。

「啊啊！我、我的鎧甲才剛整新過耶！」

她難過地看著鎧甲上那一大道刮痕之後，瞪了貝爾迪亞一眼。

對手的劍雖然在鎧甲上留下很大的刮痕，卻未傷及達克妮絲的身體。

也就是說……

「妳、妳這個傢伙是怎麼回事……？中了我的劍，為何沒被砍傷……？那是什麼名工打造的鎧甲嗎？不……就算是這樣也不可能……剛才那個大祭司也好，或是那個愛用爆裂魔法的大法師也好，妳們到底是何方神聖……」

趁著貝爾迪亞不知道在碎唸什麼的空檔，我混進其他冒險者當中。

接著，我將背上的惠惠交給其他冒險者之後，說：

「達克妮絲！妳承受得了那個傢伙的攻擊！攻擊交給我吧，我來支援妳！」

聽我這麼說，達克妮絲的視線維持在貝爾迪亞身上，點了點頭。

「交給你了！但是，你也幫我製造一個可以砍他一刀的機會好嗎，拜託你了！」

對於達克妮絲的請求，我只大聲回了句「知道了」，便離開貝爾迪亞身邊，對附近的冒險者呼喊：

「各位魔法師——！」

聽見我的呼喊，魔法師們像是想起了自己的工作似的，陸續開始準備詠唱魔法，其他冒險者們也開始行動，尋找自己可以做的事情。

這是我們和魔王軍幹部之間的戰爭。

敵方的大咖大搖大擺地跑來這個冒險者小鎮，我們可沒有理由就此讓他平安回家。

這時，貝爾迪亞把劍刺進地面，空出右手，一個接一個指著開始詠唱魔法的魔法師們。

「你們全都會在一週之後——！橫死街頭——！」

貝爾迪亞一次對那些正在詠唱魔法的魔法師全都施加了死亡宣告的詛咒。

中了死亡宣告讓那些魔法師們為之喪膽，一個個停止了詠唱。

其他原本正打算參戰的魔法師，看見同行的人們中了死亡宣告之後也變得一臉僵硬，遲遲不敢開始詠唱魔法。

可惡的無頭騎士，居然用這麼惹人厭的手段！

「好，這次我就試著認真進攻吧！」

在大喊的同時，貝爾迪亞再次將自己的頭顱往空中高高拋起。

……不知道能不能請弓箭手把那顆頭顱給射下來。

正當我這樣想的時候，貝爾迪亞以雙手握好大劍，攻向達克妮絲！

抛上空中的頭顱，依然是頭盔的顏面部分朝下的狀態。

他大概是靠著那顆頭顱，從空中將整個戰場盡收眼底吧。

一旦貝爾迪亞用了那招，他的視野就毫無死角，只要一揮劍就可以輕鬆預測出對手想往哪裡躲。

「和、和真！達克妮絲她……！」

我聽見了身後傳來的惠惠的慘叫。

鎮上的冒險者們，幾乎全都聚集到這裡來了。

見過幾次的那個人，還有曾告訴我怪物的弱點的那個傢伙。

張著弓，卻又怕射到與貝爾迪亞對峙的達克妮絲，而遲遲不敢進攻的那個女孩，跟我說過有種飲料叫尼祿依德。

拿著長槍，試圖繞到貝爾迪亞背後的那個大叔，曾經在公會裡調侃過我連酒都不會喝。

達克妮絲倒下的話，貝爾迪亞要是念頭一起，說不定真的會將在場的所有人全都殺光。

或許是因為明白這一點吧，面對攻過來的貝爾迪亞，達克妮絲將原本以正面架勢舉著的闊刃大劍一轉，劍脊向前，高舉著當成盾牌，退也不退一步。

那副模樣，簡直像是在說「除了沒戴頭盔的頭部之外，隨便你攻擊」似的。

「喔，夠爽快！那麼，這招如何？」

貝爾迪亞以雙手穩穩舉好大劍。接著，魔王軍幹部以那超乎常人的無數斬擊，直逼達克妮絲而去。

一劍、兩劍、三劍、四劍……！

砍向達克妮絲的斬擊一下子就超過了二位數，每次斬擊都會造成削刮金屬的刺耳聲響，並且在她的鎧甲上刻劃出無數的劍痕。

面對如此的斬擊，如果是一般的冒險者即使已經變成肉塊也不足為奇，然而達克妮絲還是一動也不動，全都擋了下來。

達克妮絲長長的金髮碰到劍鋒，斷了幾絲，在空中飛舞。

貝爾迪亞暫停了猛烈的連續攻擊，單手接住從空中落下的頭顱，輕輕呼了口氣感嘆於達克妮絲的韌性之後，改以單手揮劍。

看見達克妮絲承受著斬擊的模樣，那些魔法師們……

那些因為震驚而蒼白著臉呆立不動的人……

像是下定了決心似的，再次開始詠唱魔法。

……這時，某種溫熱的東西噴濺在我的臉上。

我以手背一擦，發現那是…………

「喂，達克妮絲，妳受傷了對吧！夠了，快退下！我們所有冒險者各自分散逃跑，先重新擬定對策再說！」

仔細一看，從達克妮絲的臉頰和鎧甲的裂縫當中，好幾個地方都流出了血。

我呼喊著負傷的達克妮絲，但達克妮絲不肯退。

「十字騎士在將別人護在身後的狀況下不能後退！這點絕對無從動搖！而、而且！」

說著如此帥氣的台詞，達克妮絲紅了臉，繼續拚命抵擋……！

「而且！這、這個無頭騎士的手法相當高明！這個傢伙從剛才就開始一點一點削切掉我的鎧甲……！他不是直接將我扒到全裸，而是留下殘缺的鎧甲，讓我變成比裸體更加煽情的模樣，想要在如此的大庭廣眾之下羞辱我……！」

「咦？」

貝爾迪亞聽達克妮絲這麼說，瞬間停下手邊的動作，稍微有點退卻；我則是一邊在手上凝聚著魔力，一邊怒罵在這種時候依然本性難移的真正變態。

「好歹看一下時間和場合好嗎，妳這個不改本色的大變態！」

聽我這麼罵她，達克妮絲抖了一下說：

「唔……！和、和真才應該看時間跟場合吧！光是在大庭廣眾之下遭到無頭騎士凌遲就已經快要讓我承受不了了，連和真都這樣辱罵我……！你、你和這個無頭騎士兩個人聯手，到底想把我怎樣啊！」

「咦咦？」

「沒有人想把妳怎樣啦大變態！『Create Water』！」

我朝達克妮絲發出兼具吐槽作用的水魔法。

在我大喊的同時，達克妮絲和貝爾迪亞頭上突然冒出水來。

大量的水有如打翻水桶一般朝兩人傾瀉而下。

達克妮絲從頭被水潑得一身濕，而貝爾迪亞則是連忙往後一跳，避開了傾瀉而下的水。

……？

貝爾迪亞為什麼慌張成那個樣子啊……？

……這時，淋得一身濕的達克妮絲羞紅著臉，輕聲說：

「……居然出人意表地突然來這招啊……算、算你厲害，和真。我不討厭這樣。雖然不討厭，但你真的應該看一下時間和場合……」

「不、不對，這才不是什麼奇怪的性愛玩法！我是要這麼做！『Freeze』！」

我緊接著詠唱的，是只能讓水結冰的初級魔法。

這是一招單獨使用沒有任何效果的魔法，但……

「!?喔，凍結我腳邊的地面，讓我無法移動啊……！原來如此，你以為我的強項只有閃躲嗎？但是……！」

看著腳邊凍結的的地面，貝爾迪亞似乎還有話要說，但在那之前，我已經使出了真正要用的技能。

……沒錯，就是剛才對御劍用過的，我目前擁有的最強大的武器！

「能讓你不便閃躲就夠了！我要接收你手中的武器，接招吧，『Steal』——！」

能夠隨機奪取對手的持有物的技能，「Steal」發威了。

這個世界存在著所謂的魔法和技能。

使用這些時消耗的並非體力，而是任何人都具備的另一種力量，也就是所謂的魔力。

阿克婭是這麼說的。

過去，地球上也有許多人能夠使用魔法，只是現在忘記怎麼用了而已。

凝聚越多魔力，越能夠增強技能和魔法的威力，提高成功機率。

製造出貝爾迪亞的破綻，讓他無從閃躲，在最佳的時機使出的這招，我的必殺技

「Steal」…………！

「……這招還算不錯。我想你應該相當有自信吧，但我好歹也是魔王軍的幹部，這就是所謂的等級之差。如果我和你之間的力量差距再小一點的話，我可能就有危險了。」

……對魔王軍的幹部貝爾迪亞，卻未能產生任何作用。

貝爾迪亞伸出了手，並指向了我。

……這下只能投降了，不愧是高等級的魔王軍幹部。憑我的「Steal」果然解決不了他……

……就在貝爾迪亞即將對我施加詛咒時。

「不准傷害我的同伴！」

平常顯得冷酷的達克妮絲難得展現出她的情緒，在吶喊的同時，拋開手上那把砍不中對手的沉重大劍，以肩頭衝撞貝爾迪亞。

然而，儘管地面結冰，貝爾迪亞依然輕易閃過，氣定神閒地緊緊握住大劍。

達克妮絲為了衝向他，拋下了沉重的劍。

也就是說，她手上沒有任何東西能夠抵擋貝爾迪亞的劍了。

等我回過神來時，自己已經在向周圍的人喊話了。

「盜賊們，拜託你們——！雖然機會渺茫，但要是能夠搶走他的劍我們就贏了！能夠使用『Steal』的人都來幫忙吧！」

說不定還有等級比我高、運氣比我好的傢伙在啊。

不知不覺間，已經憑著潛伏技能來到附近的盜賊們，聽了我的呼喊，從四面八方現身。

「「『Steal』——！」」

但是，接二連三發動的「Steal」都不見成效。

貝爾迪亞似乎已經不把圍上去的我們當成一回事，舉劍指著毫無防備的達克妮絲……然後將他拿在手上的頭顱再次高高拋起。

「「啊啊！」」

看見他的舉動，冒險者們發出慘叫。

因為貝爾迪亞拋起頭顱之後，就會開始施展用上雙手的凌厲連擊。

「……唔……！」

達克妮絲看見他的舉動，也輕輕低吟了一聲。

糟了糟了糟了糟了！

這種時候該如何是好？

我既沒有特殊的力量，也沒有隱藏的才能。

既沒有能夠引以為傲的事物，也沒有在這種時候能夠派上用場的技術。

我擁有的只有天生比人強的運氣。

除此之外，就是從小積累至今的電玩知識。

每天沉浸在電玩之中荒廢了所有其他事情，就在此時此刻要付出代價了。

開開心心地來到這個異世界，卻得在這邊一事無成地完蛋了嗎？

「達克妮絲！和真，達克妮絲有危險！」

惠惠在我身後發出悲痛的叫聲。

快點回想起來！對方是無頭騎士，他在角色扮演遊戲當中的弱點是什麼？

要說我有什麼長處的話，大概只有在網路遊戲和玩家ＰＫ的時候，能夠立刻看穿對手最討厭怎樣的攻擊方式吧。

快仔細觀察那個傢伙。

……為什麼那個傢伙在我製造出水的時候要閃躲得那麼誇張？

…………

……流動的水。

就連主流不死系怪物——吸血鬼，也害怕流水。

既然如此，那個無頭騎士呢？

「我玩得相當開心，十字騎士！原本是騎士的我能夠和妳交手，我該為此好好感謝魔王陛下與邪神才對！好了，看我用這招……！」

「『Create Water』——！」

「！」

眼看著正要砍向達克妮絲的貝爾迪亞……

他並未衝向達克妮絲，而是原地止步。

最後，他沒有發動攻擊，接住了由空中落下的頭顱。

「……和真，那個……我現在，算是很認真地在戰鬥喔……」

相對的，濕得更透了的達克妮絲語帶怨恨地對我這麼說。

照理來說這時我應該要道歉才對，但我現在沒空。

我大聲吶喊。

「是水啊————！」

5

「『Create Water』！『Create Water』！『Create Water』————！」

「唔嗯！喔喔？好險！」

以我為首，位居四面八方的魔法師們也都詠唱著魔法。

面對接連從上方傾瀉而下的水流，貝爾迪亞竟然全都躲開了。

可惡，明明知道這可能會是他的弱點，但問題是攻擊根本打不中啊！

其他魔法師們也著急了起來。

再這樣下去，在向貝爾迪亞報一箭之仇之前，大家的魔力就會耗盡。

就在此時。

「吶，你們到底在鬧什麼啊？為什麼在和魔王的幹部玩水？難得我在認真工作，和真居然趁機玩了起來是怎樣？你是白痴嗎？」

這個傢伙是怎樣，賞她一記耳光好了。

在我拚命詠唱水魔法的時候，直到現在都不知道上哪去了的阿克婭慢慢踱步走了過來，還一邊說著這種蠢話。

「水啦，就是水！那個傢伙的弱點是水！我說妳啊，姑且好歹勉強也算是水之女神對吧！還是怎樣，妳是冒牌女神嗎？連一點水都變不出來嗎？」

「⁉你可以再沒禮貌一點啊，小心我對你下達天譴喔！什麼好歹勉強又冒牌的，我可是如假包換的水之女神！水？你跟我提水？別說你那種弱小到不行的細水了，要洪水等級的水我也變得出來！給我道歉！居然說我這個水之女神是冒牌女神，給我鄭重道歉！」

最好是變得出來啦！

不對，既然變得出來就趕緊給我動手啊！

「之後要我怎麼道歉都可以，能變就給我趕快變啦妳這個沒用女神！」

「哇啊啊啊——！你敢叫我沒用女神！給我看著，我就讓你見識一下女神認真起來有多厲害！」

雙方互嗆了一陣子之後。

因為我說的話，讓阿克婭向前站出了一步。

在她身邊，開始飄散著霧狀的東西…………

…………咦？

「你們這小嘍囉，憑你們能夠使出的水，對我起不了……？」

無意中看見了阿克婭，貝爾迪亞停止了動作。

該說他不愧是魔王的幹部嗎？

阿克婭即將要做的行動，讓他感覺到危險的氣息了吧。

應該說，就連周遭其他會用魔法的人，也略顯不安地看著阿克婭。

阿克婭毫不在意周圍的這種狀況，喃喃地唸著：

「我存在於此世的眷屬啊……」

出現在阿克婭身邊的霧氣變成一顆顆小水球，在附近飄蕩。

我可以感覺得到，每一個小水球當中都凝結著相當強的魔力。

「水之女神——阿克婭命令你們…………」

……我有種不好的預感。

周遭的空氣顫顫地震盪著的這種感覺。

這種緊張的空氣，和惠惠詠唱爆裂魔法的時候很像。

也就是說，她正要用的魔法也具有同等的危險性……！

與之對峙的貝爾迪亞，大概也感覺到這種緊張的空氣了吧。

他毫不猶豫，非常乾脆地背對阿克婭，迅速準備逃跑……

……然而，達克妮絲擋到了他的面前！

阿克婭展開雙手。

「『Sacred Create Water』！」

並詠唱了產生水的魔法。

6

我記得，阿克婭是這麼說的。

要洪水等級的水她也變得出來。

「喂……！等等…………！」

「呀——！水、水啊啊啊啊啊——！」

包括攻擊目標貝爾迪亞在內，在他身邊的達克妮絲和其他冒險者，還有隔了一段距離的我和惠惠，甚至連詠唱魔法的阿克婭自己也遭到波及……

「啊噗……！等等、我、我嗆到水了……！」

「惠惠、惠惠——！妳抓好，別被沖走了！」

突然出現的水流，沖刷著在場的所有人。

水量之龐大，在城鎮的正門前激起盛大的水花；接著，水流就朝城鎮中心奔騰而去。

當積水終於退去之後，地面上留下累癱了的冒險者們，以及……

「喂……喂……！妳這個傢伙到底在想什麼啊……妳、妳是白痴嗎？我看妳是個大白痴吧……！」

同樣累癱了的貝爾迪亞，搖搖晃晃地站了起來。

我很想強烈贊同貝爾迪亞的意見，但現在不是說這種話的時候。

趁現在，趁著這個絕佳的機會……

「趁現在啊，我的絕佳表現讓那個傢伙變得衰弱了，趁著這個機會想辦法解決他吧，和真！快上啊。喂，快上啊你！」

這個臭婆娘——！

我決定等一下要在大庭廣眾之下用「Steal」扒光這個傢伙直到她哭出來為止。心意已決之後，我朝貝爾迪亞伸出一隻手……！

「這次我一定要搶走你的武器！吃我這招——！」

「你試試看啊！儘管我衰弱了許多，區區新手冒險者也不可能偷得走我的武器！」

與我對峙的貝爾迪亞對著我大叫，同時再次將自己的頭顱朝空中高高拋起，以雙手舉起大劍，將自己的威嚴展現到了極限。

不愧是魔王的幹部之一。明明已經耗弱不少了，但光是像這樣與之對峙，還是會讓我的雙腳禁不住發抖。

而我朝這樣的魔王幹部……！

「『Steal』——————！」

施展出灌注了所有魔力的「Steal」！

出招的同時，我感覺到手上有種堅硬而冰冷的觸感，而且雙手也感受到沉甸甸的重量。

這讓我不禁浮現「成功了嗎？」這麼個很有可能成為失敗立旗的想法。

一定就是不能這樣想的吧。

「「唉…………」」

周圍的冒險者們發出了失望的聲音。

我看向貝爾迪亞，他依然以雙手穩穩握著劍。

就這樣，他那凌厲的斬擊……

…………並未朝我襲擊而至，他也只是維持原狀站在那裡。

…………………？

在場的所有人都不知道發生了什麼事，頓時陷入了一片寂靜。

這時，一道聽起來有些困惑、又有點惶恐的聲音輕輕響起。

「不、不好意思…………」

是貝爾迪亞的聲音。

貝爾迪亞以細小而顫抖的聲音說：

「不、不好意思…………可以……把頭還給我嗎…………？」

貝爾迪亞的腦袋，在我的雙手之間如此低語。

……………………

「喂，咱們來玩足球吧！所謂的足球呢————————！是一種不能用手，只准用腳控制球的遊戲喔————！」

我將貝爾迪亞的腦袋，踢到冒險者們面前！

「啥啊啊啊啊————！等等、喂、別、別這樣！」

被我踢過去、在地上滾動的腦袋，成了先前一直焦急地等待著的冒險者們最好的玩具。

「呀哈哈哈哈！這個遊戲還真好玩啊！」

「喂，這邊這邊！也傳過來我這邊吧———！」

「住腳！等等、痛痛痛痛、快住腳啊！」

貝爾迪亞的腦袋被踢來踢去，身體則是一隻手握著劍，因為看不見前方而不知所措。

「喂，達克妮絲。妳想賞他一劍對吧？」

我撿起掉在地上的大劍，交給一身濕淋淋地向我走過來的達克妮絲，呼吸急促、全身上下到處滴著血和水的達克妮絲便舉起了劍，腳步虛浮地晃到貝爾迪亞的身體前方站定。

趁著這個時候，我向阿克婭輕輕招了招手。

就在拉著羽衣的下襬正在擰乾的阿克婭察覺到我的動作，小跑步到我們這邊來的時候。

達克妮絲高高地舉起了大劍……！

「這劍！是為了曾經照顧過我，卻被你殺掉的那些傢伙！我不打算砍太多次！你就一次接下所有人的份吧！」

然後奮力向下一揮。

「嗚哇啊！」

貝爾迪亞在遠處被踢來踢去的腦袋，從人群當中發出模糊的慘叫。

達克妮絲雖然手腳笨拙，力氣卻很大，一劍就砍碎了貝爾迪亞的黑色鎧甲，在胸口的地方留下一個顯眼的大開口。

我記得，貝爾迪亞是這麼說的。

那是魔王陛下加持過的鎧甲。

「很好。阿克婭，再來就拜託妳了。」

「包在我身上！」

阿克婭舉起一隻手，對準了部分鎧甲已經破碎，而且淋了水變得衰弱的貝爾迪亞。

「『Sacred Turn Undead』──！」

「等等、且慢……！呀啊啊啊啊啊──！」

中了阿克婭的魔法，貝爾迪亞的慘叫聲從冒險者們的腳邊傳出。

看來這次的「Turn Undead」總算是生效了。

貝爾迪亞的身體籠罩在一陣白色光芒當中，最後變得模糊，逐漸消失。

原本踢足球踢得很開心的冒險者們一陣騷動，看來貝爾迪亞的頭顱似乎也消失了。

……就這樣，連來到這個地方的目的究竟是什麼也不明不白，魔王的幹部便在這種地方遭到淨化了。

7

聽著冒險者們因為勝利而揚起的歡呼聲，渾身是傷的達克妮絲單膝跪地，在無頭騎士的

身體消失之處的前方做出祈禱的姿勢，並閉上了雙眼。

看見達克妮絲這樣的舉動，惠惠戰戰兢兢地對她說：

「……達克妮絲，妳在做什麼？」

達克妮絲閉著眼睛，像是在傾訴內心獨白似地回答：

「……我在祈禱。無頭騎士是因為不合理的處刑而遭到斬首的騎士，懷著怨恨而化為不死者的怪物。這個傢伙會變成怪物也不是自己願意的。明明砍了他一劍還說這種話或許有點奇怪，但為他祈禱一下也無傷大雅……」

「這樣啊……」

惠惠輕聲這麼說，而達克妮絲依然訴說著：

「……賽德爾因為比臂力輸給了我，為了洩憤而散播非常白痴的謠言，說我的鎧甲底下是一身結實的肌肉……亨茲對我說過『喂，達克妮絲，今天好熱，你用那把大劍當扇子幫我搧風吧！要是打到我也沒關係，前提是妳要打得到啊！』，一邊蠢笑一邊調侃我……還有加利爾，我曾經加入他的小隊一天，那時害他哭喊著，說我為什麼老是愛衝進一大群怪獸當中……他們都被那個無頭騎士砍死了。現在回想起來，他們雖然不是什麼好人，我卻也不討厭他們……」

聽達克妮絲這麼說……

「那、那個……這、這樣啊。那麼，剩下的晚一點我再慢慢聽，總之我們先回公會去再說吧。」

惠惠連忙如此表示，試圖結束這個話題。

但也不知道有沒有聽見惠惠說的話，達克妮絲閉著眼睛，以溫柔的聲音低訴：

「……如果能夠再見他們一面……那怕只有一次也好，真想和他們一起喝酒……」

「「「好……好啊……」」」

閉著眼睛的達克妮絲身後，有人困惑地這麼說著。

達克妮絲抖了一下。她的背後站著三個顯得很不好意思的男人。

我記得，他們三個剛才都被貝爾迪亞砍死了才對。

終於，其中一個帶著歉意開了口……

「怎、怎麼說呢……不、不好意思啊。沒想到妳是這麼看待我們的……」

「就……就是啊，真不好意思，只不過是比臂力輸給妳就散播那種奇怪的謠言……改、改天我再請妳吃飯就是了……」

「其實妳很介意自己的劍砍不到人嗎？那、那還真是不好意思啊……」

聽著三人接連這麼說，閉著眼睛、保持著祈禱姿勢的達克妮絲開始輕微顫抖，臉也變得越來越紅。

這時，不識相的阿克婭興奮地說：

「達克妮絲，這種事情交給我就對了！到了我這種程度的話，那種剛死沒多久還很新鮮的屍體，我三兩下就可以讓他們復活啦！真是太好了呢，這樣你們就可以一起喝酒了！」

阿克婭應該是沒有惡意才對。

但是，達克妮絲聽她這麼說，想起自己不知道當事人就在背後還說出了內心獨白，雙手摀住快要哭出來又泛紅的臉，癱坐在地上。

「這樣不是很好嗎，可以和大家再見到面。去吧，和大家把酒言歡去。」

我爽朗地對達克妮絲這麼說，達克妮絲還是雙手摀著臉，低聲說了：

「……我好想死……」

我又對這樣的達克妮絲說：

「妳平常不是一直很喜歡人家對妳言語羞辱嗎？別客氣啊，接下來三天左右我都會一直提這件事的。」

「這、這種羞辱，和我想要的那種言語羞辱不一樣啦……！」

達克妮絲這麼說著，肩膀不住顫抖了起來。

終章

討伐貝爾迪亞的隔天。

我在獨自走向公會的路上，想著今後該怎麼做。

我所背負的使命是討伐魔王。

但這麼一來，我未來還得對付像貝爾迪亞這樣的強敵才行。

是該完成討伐魔王的任務，讓天界幫我實現一個願望呢。

還是該放棄討伐，在這個世界找到安居之地呢。

……當然，我已經決定好答案了。

就任最弱職業的我，未來不可能每次都這麼剛好能打贏。

接下來，我打算過著悠閒的生活，避免接觸到危險的事情。

我要活用日本的知識來做生意。

從事安全的工作之餘，偶爾想追求刺激時，再出些簡單的任務。

就在思考著這樣的人生規畫的同時，我推開了冒險者公會的入口。

門一開，便傳出一陣嗆人的刺鼻異味。

群眾的熱氣和濃烈的酒味，從我推開的入口向外流出。

冒險者們好像從白天就辦起了宴會，紀念我們打倒魔王軍幹部。

「啊！你真是的和真，也太慢了吧！大家都已經開始醉了耶！」

心情大好的阿克婭笑著對踏進公會的我這麼說：

「吶，和真，你快點去領錢吧！公會內的冒險者們幾乎都已經領到討伐魔王軍幹部的獎金了喔。我當然也是！可是如你所見，已經被我喝掉不少了啦！」

也不知道在開心什麼，阿克婭打開裝著報酬的袋子給我看，然後一邊抓頭一邊傻笑，笑得一副真的很開心的樣子。

這、這個傢伙也已經喝醉了。

不知道這個世界對於飲酒的年齡限制是怎麼制定的。

仔細一看，公會內的冒險者們幾乎都已經酩酊大醉到連路都沒辦法好好走了。

先不管那些醉漢，我走向了櫃檯。

達克妮絲和惠惠都已經在那裡了。

「你來啦，和真。快，你也去領報酬吧。」

「等你好久了，和真。你聽我說，達克妮絲超小氣的，說什麼喝酒對我來說還太早……」

「等一下，什麼小氣不小氣的，我才不是那個意思……！」

她們兩個開始鬧成一團，所以我就走向了櫃檯小姐。

……不知為何，熟悉的櫃檯小姐，露出了微妙的表情。

「呃，那個……你是佐藤和真先生，沒錯吧？我們等你很久了。」

……？

櫃檯小姐的態度讓我覺得事有蹊蹺。

「這個……首先是兩位小姐的報酬。」

說著，櫃檯小姐將兩個小袋子分別交給達克妮絲和惠惠。

奇怪，我的呢？

正當我心生疑問時，櫃檯小姐開了口：

「……就是呢……事情是這樣的。其實，公會決定發給和真先生的小隊特別報酬。」

……？

「咦，為什麼只有我們？」

我如此表達疑問，就有某個人出聲回答了我。

「喂喂，MVP！要是沒有你們的話，我們哪有可能打倒無頭騎士啊！」

此話一出，醉漢們也嚷嚷著「沒錯沒錯」，並附和起來。

大、大家……

因為來到這個世界之後一直在吃苦，害我不小心因為大家的善良而有點感動。

於是我代表隊上的四人，領取特別報酬。

櫃檯小姐先是清了清喉嚨，然後……

「呃——為了表揚佐藤和真先生的小隊成功討伐魔王軍幹部貝爾迪亞的功績……公會在此頒發獎金三億艾莉絲。」

「「「三……！」」」

我們頓時說不出話來。

冒險者們聽見這個金額，也陷入一片寂靜。

然後……

「喂喂，三億是怎樣，請客啦和真——！」

「哇喔——！和真大人，請客請客——！」

冒險者們開始起鬨要我請客。

啊，對了！

「喂，達克妮絲、惠惠！我有一件事要告訴妳們！以後，我想減少冒險的次數！既然都已經得到這麼一大筆錢了，我想悠閒地過著安全的生活！」

「喂，等一下！無法和強敵戰鬥對我來說可是一大困擾啊！再說了，你說要打倒魔王那件事又要怎麼辦？」

「這對我也是一大困擾，我要跟和真一起去打倒魔王，得到最強魔法師的稱號啊！」

兩人的抗議聲被公會內變得越來越熱鬧的雜音給蓋了過去。

在這樣的情況下，櫃檯小姐露出一臉歉疚的表情，交給我一張紙。

紙上寫了一堆零。

是這個世界的支票嗎？

這時，已經喝醉了的阿克婭開心地跑到我身邊來，從一旁探頭看我手上的紙。

「呃，事情是這樣的。這次，因為和真先生一行人的……就是，阿克婭小姐召喚出來的洪水，使得城鎮附近的部分建築物被沖走、毀壞，釀成了災害損失……不過，考量到各位打倒魔王軍幹部的功績，城鎮方面並不會要各位賠償全額，只是希望各位能夠負擔一部分……就是這麼回事……」

櫃檯小姐做出以上告知之後，緩緩別開視線，然後迅速離開現場。

看了我手上的紙，惠惠第一個落跑。

緊接著，我及時抓住了打算跟著落跑的阿克婭的後領。

看見我們的反應，冒險者們也察覺到請款的數目應該不小，都紛紛別開了視線。

達克妮絲看了請款金額，將手拍在我的肩膀上……

「報酬三億……然後，賠償金額是三億四千萬啊……和真。從明天起，我們就開始出一些對付強敵、可以賺大錢的任務吧。」

達克妮絲這麼說著，居然露出了打從心底感到開心的燦爛笑容。

……我得和這些不成材的同伴一起，在這個荒誕的世界度過一生嗎？

…………我緩緩閉上雙眼，深深下定決心要討伐魔王了。

就為了逃離這個不像話的世界！

（完）

後記

首先，我要感謝各位閱讀這本書。

謝謝各位，以及初次見面。我是曉なつめ。

其實，本書一開始是在「小說家になろう」這個網站連載的作品，這次是因為sneaker文庫的邀約，才能夠像這樣出版成書籍。

萬分感謝，真是萬分感謝啊……！

不過，也因為這部作品有著這樣的背景，或許有部分讀者已經猜想到接下來的發展了吧。

然而，以作者的角度來說，這並不是一件好事。我總是會想往稍微偏離讀者預測的方向走去。

正因如此，實體書的版本在劇情發展以及其他各方面都會有些許不同。

而且目前就已經有許多變更的地方了。

所以，若是有讀者認為「反正之後會這樣發展對吧？我知道啦我知道啦」，懷著這樣的想法而掉以輕心的話，等著您的或許會是「有一天，放在暖爐上加熱的罐裝咖啡爆炸了，主角因此死亡，於是下一集開始換了新主角」這樣的超展開喔……不，再怎麼樣我也不可能這麼寫就是了。

——那麼，我稍微說明一下這部作品吧。

這部作品沒有既溫柔又酷帥的主角大放異彩，也不是一個少年經過不輸給任何人的努力，經歷重重的苦難，最後達到他的目標的故事。

眼前有人遇到麻煩的話也是看心情和狀況才決定要不要幫忙，偶爾也會不按牌理出牌，也想交個可愛的女朋友，若是能得到鉅款就不想工作。

這樣一個隨處可見、充滿人性又平凡的主角，在苛刻的異世界一面抵抗荒誕的現實，一面帶著個性奇特的女主角們一起努力，是這樣的一個故事。

非但不是傳說中被選上的什麼人，也沒有潛藏著什麼了不起的能力，除了運氣比人還要好上一些之外，就沒有任何優點的主角。

這麼一個少年將面對強敵，時而逃跑、時而奮戰，如此不斷成長。

……不，或許不會成長多少也說不定。

因為人類並不是那麼容易就能改變的。

不過，最後他想必會有些什麼成就吧。

——那麼，再次鄭重致上謝意。

sneaker文庫編輯部的各位，以及校閱、業務、美編。

為本書繪製許多美圖的三嶋くろね老師，以及帶領不知該何去何從的作者，不辭辛勞及麻煩的K責編。

這部作品之所以能夠問世，完全是因為各位沒有放棄這麼一個需要照顧的作者，鼎力相助的成果。

真的、真的，非常感謝各位。

承蒙各位多方關照，我實在不知道該怎麼表達自己的謝意，但今後我會繼續努力，寫出更好的作品。

我想，能夠寫些有趣的東西，應該是我最能夠報恩的方式了吧。

——最後。

在「小説家になろう」看過我的作品的網友，為我加油打氣的網友。

更重要的，是拿起本書看到最後的各位讀者。在此向各位致上最深的謝意！

曉　なつめ

和真……
明明是個女神
卻一點也沒有神聖性
又容易得意忘形的
阿克婭真可愛。
真想加入阿克西斯教！
2013.10
みしま
くろね

NEXT
第一集的封面是阿克婭……也就是說，下集就是吾這個主角的回合（turn）！
妳在說什麼啊？這個孩子真是的。噗哧哧。這個故事的主角永遠都是絕對的女神本小姐阿克婭！肯定大賣1000萬本喔！
BBA（老太婆）麻煩閃邊去！
……老……太……!?嗚哇啊啊啊啊啊、和真先生——！惠惠欺負人家啦——
…………喂，這是下集預告，認真點好嗎。
那就由我來吧。第二集的故事有我被將軍襲擊，還有和真NTR（被睡走）的故事喔。
……妳剛才是不是說了NTR（被睡走）？
我沒說。
……就叫妳們認真點做預告了。
?
第二集我也會登場喔!?
「「誰!?」」
對吧？阿克婭前輩♪
?
…………
為美好的世界獻上祝福！2
中二病也想當魔女！
COMING SOON!!

國家圖書館出版品預行編目(CIP)資料

為美好的世界獻上祝福！. 1, 啊啊,沒用的女神大人/ 暁なつめ作 ; kazano譯.
-- 初版. -- 臺北市 : 臺灣角川, 2014.07
面； 公分.

譯自：この素晴らしい世界に祝福を！ : あぁ、駄女神さま
ISBN 978-986-366-039-2（平裝）

861.57 103010677

Kadokawa
Fantastic
Novels

為美好的世界獻上祝福！ 1
啊啊，沒用的女神大人

（原著名：この素晴らしい世界に祝福を！あぁ、駄女神さま）

2014年7月16日 初版第1刷發行
2024年8月8日 初版第20刷發行

作　　者：暁なつめ
插　　畫：三嶋くろね
譯　　者：kazano

發 行 人：台灣角川股份有限公司
總　　監：呂慧君
總 編 輯：蔡佩芬
主　　編：林秀儒
副 主 編：楊鎮遠
設計指導：陳晞叡
印　　務：李明修（主任）、張加恩（主任）、張凱棋、潘尚琪

發 行 所：台灣角川股份有限公司
地　　址：104台北市中山區松江路223號3樓
電　　話：（02）2515-3000
傳　　真：（02）2515-0033
網　　址：www.kadokawa.com.tw
劃撥帳戶：台灣角川股份有限公司
劃撥帳號：19487412
法律顧問：有澤法律事務所
製　　版：尚騰印刷事業有限公司
ＩＳＢＮ：978-986-366-039-2